タイムス文芸叢書
015

# まぶいちゃん

芳賀 郁



沖縄タイムス社

もくじ

第48回新沖縄文学賞受賞作

# まぶいちゃん

まぶいには、気になる女の人が二人いる。一人は、まぶいの家の、部屋の窓から見える、道向の一軒家に一人で暮らしているおばあさん。もう一人は、一年五組の担任、安藤先生だ。

まぶいは、なぜ二人が気になるのだろうといつも、わからなくなる。気が付くと二人のうちの誰かのことをずっと考えたり、思ったりしている。

例えば今日、学校でこんなことがあった。理科室へ移動するため、渡り廊下を歩いていたのだが、雨が上がったばかりで渡り廊下は濡れていた。みんな水溜りを避け、慎重に歩いていた。そんな中、一人の男子生徒だけが小走りをしていた。まぶいの後ろの方から、

「危ないよー、絶対に転ぶよ」

クラスメイトの声がした。まぶいも同感で、きっと転ぶだろうと、その場面を想像することさえしていたのだが、ふと、怖くなった。彼が転ぶ場面を想像しながら、実は自分はそれを望んでいる、待っているのではないかと思ったからだ。

ツルッと足を滑らせ、頭をしたたかに打つ。どこかで笑いが起きる。でもその笑いもやがて収まる。なぜなら男子生徒が動かないからだ。やがて、水溜りに向かって、静かに、起き上がらない彼の頭の先から、真っ赤な血がゆっくりゆっくり、水溜りを目指すように伸びていく。

なぜ、無事に辿り着くことを想像しないのだ。ハッとして、まぶいは彼の足元を見つめながら、無事に渡りきりますようにと慌てて心の中で唱えた。男子生徒は、あっという間に理科室のある校舎の中の暗闇に消えた。突然強い風が吹いて、まぶいの腕から、ノートに挟んでおいたプリントが舞い上がり、渡り廊下の壁に音もなく当たった。そして、痛みに沈むように、水溜りの中に落ちていった。慌てて駆けて行き、プリントを拾いあげようとしたらまぶいが転んだ。尻もちをつき、スカートは濡れ、パンツも雨水を含み始めた。後ろの方から笑い声と、

「マブヤー、マブヤー。まぶいが転んでマブイを落とした!」

いつもの、からかう声が聞こえてきた。

まぶいは一度にたくさんのことを思った。やっぱり罰が当たったのだということ。それはつまり、あの男子生徒が転ぶところを想像した罰。罰が当たるということは、やはりそれを待ち望んでいたということになるのだろうか。そして後ろの、まぶいをいつものようにからかい、傷つける男子たちにはなぜ罰が当たらないのかということ。確かに今日もまぶいは傷つき、ついでにスカートもパンツも汚してしまったのに、後ろのあいつらは無傷なのだ。なぜこのような差は生まれるのだろう。誰が、コントロールしているのだろう。プリントを拾い上げると、文字がまぶいを馬鹿にするように、雨水を含み、滲み、書いてあったことをわからなくさせた。スカートの濡れた部分に触れると、冷たくも温くもない感触が指先に広がり、もしかすると、ここを通れば転ぶようになっていたのだろうかという気持ちがしてきた。じゃあ、あの小走りに駆けて行った男子生徒は、それを、誘導する係りみたいな子だったのだろうか。再び、滲んだ文字を見つめる。何が書いてあったのかわからなくして、まぶいを馬鹿にしているのではなく、今度は、泣かせようとしているみたいに見えた。

渡り廊下の壁と、廂の間の空を見つめる。カラスだろうか、二羽の黒い鳥が、雨上がりの薄青い空を、何か、行く場所があるみたいに飛んでいく。一人だけ、置いて行かれるような気がして、すると、いつものあのおばあさんと、今現在、一年生の校舎にいるであろう安藤先生のことを思った。チャイムが鳴り、まぶいは再び駆けだした。今度は転ばず、無事に校舎の入り口に立ったところで振り返ってカラスを探すと、本当に小さく、指の爪くらいの大きさにまでなっていた。ふと、カラスから見たら、まぶいも爪くらいの大きさに見えるのだろうかと考え、しかし、カラスに爪があるのか、あるとすればどんな形をしているのかわからなくなり、そもそもカラスは、まぶいの存在など知りもしないであろうことを思い、空から離れた。

校舎は想像以上に、ひんやりとしていた。

下校時、一年生の教室がある校舎に寄ってみた。一年五組は一階のはじっこの教室だ。一組から四組までは中庭の方を向いて並んでいるが、五組だけは向きを変え、トイレがあってその隣りにある。つまりL字型のはじっこにあり、一組から四組までの一直線を見つめるように存在している。まぶいはトイレを利用するふりをして一度中に入り、それから出て来て、仕方なくトイレの前の洗い場で手を洗うか、上向きになった銀色の蛇口を元に戻すことをしている。今日も蛇口を元に戻していると、たまたま教室から安藤先生が出て来た。まぶいはとても驚いて、心の中で、今こそ「マブヤーマブヤー」と、心を落ち着かせるおまじないのような言葉を唱えなければいけないのではないかと思った。

「あなた、五年四組の新城まぶいさんでしょう?」

正しい位置に戻した蛇口の中に残っていた水が、まぶいの左手の甲に流れ落ちてきた。

「はい」

力なく返事をする。

「私ね、あなたの担任のかなこ先生と仲がよくてね。同じ大学の先輩、後輩だったんだけど。このあいだ二人で歩いているときに、かなこ先生に、ここでよく見かけるあなたのことを訊いたら、詳しく教えてくれたよ」

「詳しく？」

まぶいは一気に体中が熱くなった。見られていたのだ。

「よく、ここのトイレを使っているでしょう。それから、蛇口も元に戻してくれていた。ありがとうね」

安藤先生が近づいてくる。まぶいは走って逃げたくなった。が、体がうまく動かせなかった。小さく震える自分の手が見えた。蛇口の銀色が西日に照らされ、美しい色をしているなと思った。この色を、忘れないと思った。

「まぶいさんは、まぶいという名前がとてもよく似合っている」

今、目の前に安藤先生はいるのに、先生のことがよく見えなかった。目は合っているがどこを見ているのかわからない。でもまぶいはそれでも、先生の中の何かを見ている、そんな気がした。

「安藤先生、さようなら」

まぶいはくるりと振り返り、駆けだした。駆けながら、なぜか今日、スカートとパンツを濡らして良かったなと思えたから不思議だった。走りながら、すっかり乾いてしまったその部分に手を伸ばし、握りしめた。濡れた感触は無かったが、自分で握りしめて温めたので、その場所にはたくさんの皺が残っていた。同じように、下校するたくさんの生徒たちがあちこちにいた。

みんな、一体どこへ帰っていくのだろう。一瞬、そんなことを思った。

帰宅すると母が天ぷらを揚げていた。アパートの部屋近くまできて外階段を上っていると、耳慣れた音が飛び込んでくる。ドアノブを掴むと同時に、熱した油の中に何かが投げ込まれ、水を弾く音がした。それはいつも、嫌々ながら弾かされている楽器の音のように聞こえる。

今日もまた、部屋中の窓もカーテンも閉め切られている。母がまぶいに気づき、ひょっこり顔を出した。そして、

「おかえり」

そう言ってくれた後、口元だけで笑ういつもの母がそこにいた。

「お母さん、家の中、暑くない？　外は雨が上がって少し涼しいのに。空もきれいだよ」

アパートの小さな玄関。暗い。並んだ靴は、いつも誰かの助けを待っている、牢屋に閉じ込められた子供たちみたいにくっつき合い、うなだれているようだ。だからまぶいは靴を、派手に、元気よく脱ぐ。左足は裏を見せてひっくりかえり、右足は母のサンダルの上にのっかった。誰かに、ぶん殴られた跡のように見えた。

玄関を上がるとすぐ台所があり、その向こう、正面には襖の開け放たれた茶の間

が見える。更にその向こう、窓がある。しかし、分厚いカーテンがひかれている。

「雨降ったからよ、窓も閉めているわけさ。もうすぐ梅雨だね。お母さんは梅雨が耐えられないさー、まぶい。でもあんたもそうだはずねー。あんたも大変なるねー」

油の強く弾く音がして、

「あがっ！」

母の叫ぶような、何かを強く拒むような悲鳴が響いた。菜箸を持った右手で、左腕を覆っている。油が跳ねたのだ。まぶいはランドセルを床に放り投げ、すぐに冷蔵庫に向かって走った。そして冷凍庫を開け、氷を数個摘まんだ。それから母の方に向かった。学校の、蛇口から零れ落ちてきた水、美しい色を放っていた銀色の蛇口、そして安藤先生のことを急に思い出した。カーテンのない台所の窓から射す夕日はかろうじて、うちの銀色の蛇口を明るく見せてくれたが、うちの銀色は錆びて濁っている。ザラザラと汚れが目立つ。傷のように浮かび上がっている。そんな蛇口をひねって水を出した。最初はちょろちょろ流れてくる水の中に、母の左腕を当てる。赤くなっている部分に直に水をかけるのだ。それから、掴み続けて痛くなった手の中の氷を、母の腕に当てる。母がこちらを見た。咄嗟にまぶいは、濁った銀色の蛇口を見た。

「ありがとう、まぶい」

お礼を言っているのに、お礼を言っているのだからきっと嬉しいはずなのに、母は悲しそうな声を出す。申し訳なさそうに言う。やがて、

「もういいさ」

まぶいの元から手を離す。小さくなった氷が、まぶいの手から洗い場に落ち、カチッと小さな音を残し、そのまま排水溝の中に流れていった。

「だーだー、もうすぐ夕飯だよ」

母はまぶいに背を向けるように再び天ぷらを揚げる作業を始めた。母は一日おきに天ぷらを揚げる。たまに二日続けて揚げるときもある。朝から昼過ぎまで、市場

の天ぷら屋で働いている。油の匂いなど嗅ぎたくもないだろうと思うのだが、そんなことはないらしい。そしてまぶいと夕飯を食べた後、もう一つの仕事へと向かう。近所のスナックだ。

「お母さん、窓開けるよ」

いつもの、もう何百回何千回と続くやりとり。まぶいは母の閉めた窓やカーテンを開ける係りとしてこの世に生まれてきたような気さえする。母は声に出して返事はしないが、まぶいの方を振り返り、頷く。茶の間の隣り、四畳半のまぶいの部屋のカーテンや窓を開け放つときは、外があって良かったと思う。その中にもう一人の気になる女の人、あのおばあさんがいるのだから。

窓を開け放ち、おもいきり、外の空気を吸い込む。コンクリートの一階建ての平屋が見える。二階建てアパートのまぶいの部屋から、おばあさんの家は見下ろすような形で見ることが出来る。小さな庭があり、そこに、晴れていれば毎日、一人分の洗濯物が干されている。朝起きて窓を開けると、洗濯物を干しているおばあさんを見つける。夕方には取り込むおばあさんを見つける。聞こえる距離ではないが、まぶいはここからいつも朝の挨拶をする。朝日の射す、おばあさんの庭。濡れ縁に腰かけてみたいと思う。腰かけて、体中に朝日を浴びたい。おばあさんの傍で朝日を思う存分浴びたい。腰の曲がった、八十代ぐらいのおばあさん。名前は何というのだろう。表札には宮城と書いてあった。

物心ついたときから、このアパートに、まぶいは母と二人で暮らしている。おばあさんの存在は小学校に入った頃から気になり始めた。その頃からおばあさんは一人だったと思う。一度も、話したことはない。目は合ったかもしれないが、もしかするとおばあさんは目が悪く、まぶいの存在に、気が付いていないのかもしれない。そんなふうに思う。

今日は雨も降っていたというのに、二、三枚の衣類が干されたままだった。おばあさんがそれらを取り込んで、網戸を閉めて部屋の中に入った。おばあさんの家の、網戸を閉める音がなぜか大好きだ。部屋にいても、おばあさんの家の方からその音が聞こえてくると、なぜか心が落ち着く。

まぶいも、返事をするように白いレースのカーテンをそっと閉めた。しかし、おばあさんはめったにカーテンを閉めない。うちと逆だなといつも思う。まるで、まぶいに見せるように生活をしている。光るテレビが見え、壁時計が見える。テーブルに急須と湯のみがあり、ソファーに腰かけお茶をするおばあさんが見える。

まるで、夢を見ているような気持ちになる。例えばまぶいが本当に誰かの魂になって、大事な人の生活を覗いているような、見守っているような、そんな気持ちになってくるのだ。だから、あのおばあさんの大事な人は誰なのだろうとよく考える。あのおばあさんの、魂だけの存在になった大事な人って誰だろう。こんなふうに、いつもどこかでおばあさんの暮らしを、命を、見守っているのだろうか。ここで、あのおばあさんの生活を覗いていれば、誰かの魂のことを、身近に、感じることができるような気がする。それがまぶいには特別な時間に思えた。

「まぶい、ごはん！」

背後から、母に声をかけられこの時間が終わる。すれ違いざま母の腕をチラッと見ると、火傷の跡がくっきりと残っていた。母の白い腕にみみず腫れの赤い線。視線を移すと、母の左手首には幾本もの深い切り傷が残っている。祖母に訊いたら、まぶいが幼児の頃に母が自分でつくった傷、ということだった。

「今日は人参の天ぷらと、椎茸の天ぷら。美味しいよ」

母の、魂だけになってしまった大事な人って、どんな人だろう。やっぱり、父なのだろうか。まぶいがもしそうなったら、やっと、大事な人に、なることが出来るのだろうか。ここのところよく、そんなことを考える。

「椎茸大好き」

「今度は色んなきのこ、揚げてみるさ」

母の髪の毛はいつも油臭い。きっとまぶいもそうだ。天井を見上げる。誰かが今、見守ってくれているのだろうか。遠くの方から救急車のサイレンが聞こえてきた。どんな人も、皆、必ず死ぬのだなと当たり前のことを思った。でもすぐに、なぜ当たり前のことだといえるのか、わからなくなった。今日学校で見た、西日を浴びて美しく光っていた蛇口を思い出す。こうやって美しい色を思い出して最期を迎えられたらいいのかな。そんなことを思い天井を睨んだ。美しい色はその時初めて、本当に美しい色になるのだろうか。

外から、網戸を閉める音がした。

「死んでくれた方がラクなのかな。これ以上思い悩まなくてもいいんだから」

これが、今朝母から聞かされた、まぶいの昨夜の寝言の内容だった。

朝ごはんはクリームパンと牛乳。牛乳が嫌いという友人たちは多いが、まぶいは好きだった。たった一度だけ、まぶいは牛乳の中に三つのビー玉を入れて遊んだことがある。青色と赤色と黄色のビー玉。透明なコップに注いだ牛乳を見ていたら、なぜか突然その中に入れてみたくなった。白色に呑まれ赤も青も黄も、遠くへ行ったようになった。グルグルとコップを回して色を探す。回す度にカチカチと、コップの側面に赤や青や黄が当たり、うっすらと姿を見せる。ずっと続けていると、まぶいにはそれがだんだん、濁流にのまれ、時々顔を見せる人みたいに見えてきた。回す手をすぐに止めることが出来なかったのは、顔を見せられるということはまだ生きているという最後の合図だから、手を止めてはいけない、続けなければいけないとどこかで強く思ったからだ。カチ、カチ、カチと、小さくも尖った音をたててビー玉は回り続けた。母が来た。叱られると思い、まぶいはビー玉の入った牛乳を一気に飲み干した。口の中に、氷のように三つのビー玉が残った。母はなぜその小さな異変に気が付いたのだろう。

「べーしてみて」

まぶいに言った。仕方なく、まぶいは舌に乗せたビー玉三つを母に見せることに

した。母は、

「びっくりした」

小さな声で言った。そして、

「キム君が、まぶいになったのかと思った」

と、言った。

キム君は母の初恋の男の子で、初めて付き合った子だと教えてくれた。夏休み、キム君が漕ぐ自転車の後ろに乗って、二人で、学校から少し離れた沖縄そば屋へ行き、そばを食べ、デザートにかき氷も食べた。キム君はイチゴ味。母はレモン味のかき氷を食べた。途中で味見ということで交代して母がキム君の、キム君が母のかき氷を少し食べたという。それで最後に二人で「べー」しようと、舌を出して見せあった。キム君は母の黄色くなった舌を見て笑ったが、母は、キム君の真っ赤な舌を見ても笑わなかった。キム君が「なぜ笑わないの?」と、訊いたような顔をしているその表情がずっと忘れられず、今も強く心の中にあり、時々、何の前触れもなく、例えば髪を洗って顔を上げた瞬間や、歯磨きをしていて、鏡に付いた歯磨き粉の跡を指先で消し落とそうとしている時などに、ふと、不思議そうに母のことを見たその顔だけが浮かんでくると言った。

母には、キム君が血を吐いている顔にしか見えず、笑えなかったと言った。数か月後、キム君は母国韓国へ帰国し、ほどなくして交通事故で亡くなってしまった。

まぶいは牛乳が好きだ。飲むたびに、母の話してくれたキム君のことを思い出すことも出来る。もちろん見たことも会ったこともない人だが、なぜか、真っ赤になった舌を、母のことを見つめたその不思議そうな目を、思い出すように感じることが出来る。

ふとまぶいは思う。キム君は今、どこにいるのだろうと。

「まぶいの寝言が激しくなる梅雨時期が、今年もやってきたさー」

母は牛乳が大嫌いだ。まぶいのためだけに買ってきてくれる。

「何にも夢なんて見なかったよ」
まぶいはそう言い、一気に牛乳を飲み干した。骨は、白色だなと思った。

黒板を見ていた。クラスメイトの一人が休み時間に落書きのようなものをしていた。傘を描いて、その下に二匹の蛙を描いている。絵を上手に描ける人が羨ましかった。描きたいものを描きたいように描けるって、魔法のようだと思う。それを見て楽しい気持ち、悲しい気持ちを誰かにパスすることも出来る。途中、彼女はチョークを折った。小さな弾けるような音がして、その後どうするのか、まぶいはじっと見つめていた。彼女は色を変えた。白で塗っていたが、赤のチョークで塗り直した。

外は強い雨が降っていた。まぶいは近所のおばあさんのことを思い出していた。雨でも窓を開け放っている家だが、部屋の中に雨が入るはずで、まぶいはいつもその雨水のせいでおばあさんが転倒しないか心配になる。すべって転んでしまって動かない。そうなったらまぶいは助けに行ってもいいのだろうか。助けるって、どういうことだろう。救急車を呼ぶこと。誰か大人に知らせること。血が出ていたら止血してあげること。やっぱりまぶいには、転ばないでくださいと祈るより先に、転んでしまって、おばあさんが傷ついてしまうことを先に思い描いてしまう人間のようだった。

「出来た！」

まるで、そのクラスメイトはまぶいに知らせるかのように、大きな声で絵の完成を知らせた。大きな白い傘の下に、赤いチョークで描かれた二匹の蛙。誰かが、

「茹で蛙！」

と、言って笑った。別の誰かが、

「燃え蛙！」

と、言って、また笑い声が聞こえた。赤色のチョークで描いてあるからだろうか。

それで火を、熱を、連想したのだろうか。緑色のチョークもあるはずだが、彼女はなぜそれを使わなかったのだろう。


まぶいはふと、傘おばさんのことを思い出した。小学校に入ってしばらくしてからのことだから、低学年の時だったと思う。下校時間になると、少しの雨でも、曇り空で雨が降っていなくても、傘を差す一人のおばさんが現れる時期があった。はじめのうちは誰かの保護者で、下校中の子供の安全を見守るおばさんなのかなと思ったが、そのおばさんは傘を差し、睨みつけるようにまぶいたちのことを見た。そしてある日、まぶいの前を歩いていた二人の生徒に、

「どうしてあんたがたは傘を差さないのか！」

怒鳴りつけるように言った。

「あんたは傘を持っているのに差さない。何でね？」

確かに雨は降っていた。が、差すほどでもないとまぶいも思った。だからまぶいも同様に、傘を手に持ったまま、広げることなく歩いていた。

「どいつもこいつも。まだ死にたいのかね、沖縄の子供たちは！」

まぶいは耳を疑った。傘を差さないことと、死ぬこと、沖縄の子供たち、どういう関係があるのか全然わからなかった。まだ死にたいのかという声が、全身を貫くように襲い掛かってきた。直に言われた二人の生徒も足を止めていた。まぶいの向かって右側の女の子は、右手にピンク地で花柄の傘を握りしめていた。左の女の子は傘を持ってはいなかった。まぶいは自分の傘を持つ手に力を込めた。その小さな力を感じた瞬間、傘が武器になったように感じられ、まぶいは怖くなった。

「もう濡れるな！　傘をちゃんと差しなさい。雨に当たるな！　雨が爆弾だったらあんたがた皆即死だよ！　これ以上死んでどうなる？」

傘を握りしめて、まぶいの前の女の子が走り出した。一緒に歩いていた女の子も追うように、逃げるように、その場から立ち去った。女の子は水溜りに足を突っ込んだが、構わず走り続けた。まるで、爆撃から逃げる二人みたいに見えた。気が付くと、今度はおばさんがまぶいに向かって歩いて来た。恐ろしくなって体が震えあがっているのが感じられた。傘を握りしめていた手に今度は力が入らなくなり、傘を地面に落としてしまった。落ちた傘が、たった今、死んでしまったように見えた。

「沖縄の人間は大人も子供も傘を差さない。これ以上濡れてどうするわけ？　あんたがたは濡れ続ける人間、死に続ける人間のままでいいわけ？」

おばさんが、まぶいの足元に落ちた傘に手を伸ばそうとした時、まぶいの肩に触れる別の手があった。

「意味わからんこと言わんで！　子供を怖がらせてどうするわけ？　先生に言うからよ！」

六年生くらいの背の高いお姉さんがまぶいの前に立ち、おばさんより先に傘を拾い上げ、おばさんに向かってそう言い放った。

「だからよ！　意味わからん。何で雨が爆弾だわけ？　雨は雨さー。怖いんだけど」

お姉さんの友達だろうか、まぶいを隠すように、守るようにして続けた。

「先生！　頭のおかしいおばさんが下級生をいじめていますよー」

男子生徒の声が後ろの方でした。まぶいはおばさんの顔が見られなかった。このおばさんはもしかすると、まぶいたちを何かから守ろうとしているのではないだろうか。おばさんには見えて、まぶいたちには見えていないものから、ただ、守ろうとしているのだろうか。そう感じた。

「いいから傘を差しなさい！」

おばさんは辺りに響く金切り声で叫んだ。女の上級生が男子生徒に向かって、先生を呼んでくるように指示をした。男子たちは走って行く。

「大丈夫だからね」

まぶいの肩を掴んでいた女の上級生が掠れる声でそう言った。まぶいは傘を握りしめて走った。おばさんの横を通過するとき、ふと顔を上げておばさんの方を見た。黒色の傘を差しているからか、暗い顔色をしているように見えた。肩まである黒髪で、パーマをかけていた。お母さんと同じパーマ頭だな、色は違うけどと、何でもないようなことを必死に思おうとしている自分がいた。おばさんの目は大きく、今ここに映るものよりも、もっと大きく広く、たくさんのものを映しだす目、そんな目にまぶいには見えた。

しばらく走り続け、だいぶ離れたと思うところで立ち止り、呼吸を整え傘を差してみた。傘にぽつぽつと当たる雨の音に耳をすませた。雨の粒が当たる音。水溜りを弾く車のタイヤの音。車のドアが閉まる音。まぶいは目を閉じて今聞こえるあらゆる音に耳を澄ませた。

「これ以上死んでどうなる」

おばさんの声が、さっきの声が、聞こえた。

あのおばさんが言うように、この雨が爆弾なら、あのお姉さんたちも、まぶいの前にいた女の子たちも、死んでいるのだろうか。この傘を差しているまぶいは無事なのだろうか。おばさんは傘を差し続けているから、ずっと死なずに済むのだろうか。傘はどこまでまぶいたちを守ってくれるのだろうか。ゆっくりと振り返り、おばさんたちの姿を探す。が、先ほどまでいた道には、もう誰もいなかった。おばさんは逃げたのか。お姉さんたちも事態を知らせに学校へと走っていったのだろうか。

まぶい一人が生き残ったみたいに思えた。傘から顔を出した。雨粒が顔に落ちて来る。目に入った。鼻の穴にも入った。まぶいは口を開けて、雨を飲み込んだ。雨は止みそうなのか、これからもっと降る雨なのか、わからなかった。

それからも、おばさんの姿は時々見かけた。もう何も言わなかったが、雨の日に、傘を差していない子供を見つけると、睨みつけながら立ち尽くしていた。そんな姿も、気が付くと、見られなくなった。

授業が始まるチャイムが鳴り、茹で蛙や燃え蛙はあっという間に消された。でも、きれいに、完全に消されず、残った。あれは、何蛙と呼べるのだろうと、ずっと考えていた。

今日も母が天ぷらを揚げている。雨はあがり、まぶいは閉じた傘の先で、アパートの外廊下の手すりを叩きながら歩いていた。古いアパートなので手摺も錆びが目立つ。強く叩いたら折れそうなくらい弱っている。

この二階建てのアパートには六世帯の家族が暮らしているが、交流はほとんどない。まぶいたちは二〇二号室、二階の真ん中の部屋に暮らしているが、両隣の人たちとは顔を合わせれば会釈する程度で、どこで働いているのか、どこで生まれ育ったのか、下の名前はなんというのかさえ知らなかった。

手摺に、小さなカタツムリがのっている。傘の先で、そこを叩く前に気が付いて本当に良かったと胸をなでおろした。手を伸ばす。まぶいの指先にのってきてくれるだろうか。天ぷらの具材が油の中に投入され、油が水を弾く音が聞こえてきた。ふと、思った。この音は、母が今生きているということを知らせてくれている音なのだと。ならば、まぶいがさっきから傘で手摺を叩いていた音は、まぶいが今生きている音。母に、届いているだろうか。きっと、天ぷらを揚げる、油の弾く音に負けているだろうなと思った。

いつもの街並みが見える。道路沿いの自動販売機が見え、家々が建ち並び、いつものように車やスクーターがそこを行き交う。平屋の家もあれば、青い屋根、コンクリートのうちっぱなしの家、赤瓦の家、まぶいの暮らすアパートよりはるかにきれいな新築のアパートもあちこちに見える。だいたいどの家にも貯水タンクが屋根のあたりに設置されている。あれを叩いたら、どんな音がするだろう。この傘でおもいきり叩いてみたい。そんなことを強く思った。

青い屋根の、二階建ての家には、銀色のピカピカと光る真新しい貯水タンクが設置されている。そこに西日が当たり、縦に一本の線が入っている。見つめていたら、何かの剣のように見えてきた。何と闘うための剣なのだろう。指先を、手摺の小さなカタツムリに近づけ触れた瞬間、カタツムリは殻の中にサッと隠れてしまい、その瞬間、手摺から落下してしまった。

「ああっ！」

まぶいはおもわず叫んだ。なんてことをしてしまったのだろう。小さな体で、自由に、ここまで登ってきたのに。やっとの思いでここまで来たのかもしれない。はぐれた家族を探すため必死にここまで登ってきたのかもしれない。

「何ね？」

部屋のドアが開き、びっくりしたような、苛立っているような母の顔が見えた。

「ううん、何でもない」

窓も、カーテンも閉めきられた部屋がここから見える。

「何しているわけ？　早く入っておいで」

菜箸を持ったままの母が先に部屋へと入っていった。バタンと、簡単にドアは閉まった。タンクの剣を見つめる。傘を、タンクの剣に重なるように持ちかえる。カタツムリのこと、この剣のこと、安藤先生か、あのおばあさんのどちらかに、いつか話してみたいなと思った。

「何でそんな暗い顔しているわけ？　きのこの天ぷら、美味しくないね？　まぶいがこのあいだ、椎茸の天ぷら美味しいっていうからたくさん作ったのによ」

まぶいは母のようにソースをかけて天ぷらを食べず、ポン酢をつけて食べる。皿に入ったポン酢に、油がたくさん浮いている。シャボン玉のような丸い油の輪が浮かんでいる。それを崩すように箸の先でかき混ぜた。

「美味しいよ」

「だったらもっと美味しそうに食べたらいいのによ」

ピンク色の口紅を塗った母の口元も油で光っていた。天ぷら屋のパートから帰ってきて、またピンクに塗り直したのだろうか。母が立ち上がり、台所の方へと向かっていった。そして冷蔵庫の中から缶ビールを一本取り出し、嬉しそうに戻ってきた。

「今日は下地つくってから、出勤しようねー。昔の、なじみのお客さんたちがきてくれるっていうからよ」

母は本当に嬉しそうだった。良かったなと思った。

「まぶい、何だか顔色も悪いし、やっぱり無理して食べんでもいいよ」

ビールを美味しそうに一口飲んだ後、母はそう言った。

「最近、何でか知らないけどお腹がキューって、急に痛くなるわけ。でも下痢するとかではないんだけど」

「えー、食べているときに下痢とか言わんでよ」

母は嬉しそうに笑った。

「わかった！　あれじゃないね？　そろそろ作文の時期でしょう。慰霊の日の。大賞とったからプレッシャーでお腹痛くなっているんだはずよ？」

慰霊の日が近づくと、全校生徒でその日にむけて作文を書く授業がはじまる。まぶいは小学三年生の時に、大賞に選ばれた。大賞に選ばれた作文は、学校新聞に載り、市が月に一回発行している新聞にも載る。受賞者は市長室に呼ばれ、市長と、担任の先生に挟まれ写真を撮られ、その様子も新聞に掲載される。母も招待されたが、仕事の都合で行けないと断った。

まぶいはその時、自分の名前が「魂」、沖縄の方言で「マブイ」とついた由来について書いた。まぶいがもうすぐ生まれるという数日前に父が亡くなった。母は、父の体が燃えていく時に、薄青く丸い、何かの塊のようなものが、煙突の辺りを泳ぐように漂い、円を描くように飛び、やがて空に向かって消えていったのが見えたと話した。それは父の「マブイ」だと信じて疑わず、お腹を摩りながら、生まれてくるこの子には必ず「まぶい」という名をつけようと決めたと語った。その話のことをそのまま書いた。戦場になったこの地に、果たしてどれだけの「マブイ」が飛んでいたのだろうと想像した。その「マブイ」たちは、誰を想って、誰の目に届けたくて、そうまでして飛んでいたのだろう。だけどどうしてそんな「形」になってしまわなければいけなかったのだろう。そんな内容の作文を書いたら、大賞をとった。けれどまぶいは、市長に肩を抱かれ、カメラマンに、

「まぶいさん、大賞をとったんだからもっと笑ってください」

そう言われたとき、大賞などとらなくてよかったのにと、心の底から思った。想像も出来ないほどの苦しみの果てに亡くなっていった人々の、何かを少しでも慰める思いを書くことが大切なはずなのに、それに大賞というものをつけていいのか、まぶいには、それは怖いことのように思えた。賞などをつけては、いけないのではないかと思った。市長がまぶいの肩に手を置いた、そこだけが変に生温かくて、本

当は反射的にはらいのけたくなったが、先生に怒られるだろうと思って我慢した。カメラマンはもっと笑って、嬉しそうにしてと何度もそう言ったが、笑っていいのか、嬉しそうにしていいのか、まぶいにはわからなかった。学校へと戻る担任の先生が運転する車の中で、思ったことをそのまま告げると、

「うん。それもそうかもしれないけれど、誰もがもらえるものではないんだよ」

先生は言った。それからしばらく、車は静かに走り続けたが、ふいに、本当に小さな声で、

「かわいくない子さ」

先生の、今まで聞いたことのない種類の声が耳に届いた。見上げた空は曇り空だった。どうしてかわからないが、まぶいはその空に向かって、小さな声で、

「ごめんなさい」

謝った。それから自分の足元を見つめた。今日の日のために、母が買ってくれた黒い革靴はピカピカとよく光っていた。曇り空から射す鈍い光がそこに小さく映っ

て揺れていた。慰霊の日に向けて、その時期にだけ、決まったように作文を書くのは、本当はちょっとおかしいことなのではないか。市長の手が肩から離れた瞬間にそう思ったことも、本当は続けて先生に告げたかったが、止めておいた。代わりにまぶいは、座ったまま、足踏みを数回した。震動が先生に伝わらないように、慎重に、足踏みを続けた。

母は嬉しそうに家を出て行った。香水の残り香が、油臭い部屋の中で、胸を張るように残っていた。あの時の香水と同じだと思った。古いなじみの客はきっと、あの男の人だろうと思った。いつか、まぶいが学校から帰ると、ちょうど家から出て来てドアを閉める男の人と出くわしたことがあった。その人はまぶいを見て、どこか気まずそうに笑った。そしてすれ違う瞬間、まぶいの頭のてっぺんを、優しくポンポンと二回叩いた。その時、その男の人の手元から、よく知る母の香水の香りが漂ってきた。
まぶいは、夜風に揺れる、電灯から伸びる汚れた紐を見上げていた。嬉しそうに、踊るように揺れている。母の気持ちがそのまま乗り移っているような動きに見えた。油の匂いと、母の香水の匂いを逃がすため、部屋中の窓を開け放った。母のその時間が、楽しいものであればいいと小さく願った。まぶいにも、これから楽しい時間が始まる。向かいのおばあさんの部屋を、おばあさんの流れゆく時間を、一人、ここから見つめるのだ。

おばあさんが祈ればまぶいも祈る。白いレースのカーテンを左右それぞれの手で握りしめ、顔の幅だけ空けてそこからおばあさんの部屋を覗き見る。たいていこの時間はおばあさんのお祈りの時間だった。仏壇に向かって手を合わせ、じっと、動かずそこに佇むおばあさんの後姿を遠くから見つめる。まぶいもどこか、祈らずにはいられなくなる。おばあさんは何かを祈っているはずだが、自分は何を祈っているのか、わからなかった。祈るふりをしていてはいけないような気持ちがして、祈れる何かを探さなくてはいけないと思った。そんな時ふと、父のことが思い浮かんできた。

まぶいは母が持っていた数枚の写真の中でしか父を見たことがない。この家には父の仏壇も、数枚残っていた写真さえももう無くなってしまった。幼いころ、母にねだるように、懇願してやっと見せてもらった遠い父は、背が高くて、眩しそうに目を細め、大きな手をしていたように思う。そんなおぼろげにしか思い出せない父の姿を、おばあさんが祈る後姿を見つめながら必死に呼び起こす。ここからでははっきりと見えないが、仏壇の上の壁には遺影がかけられてある。

おばあさんの祈りの時間は長い。もう終わっただろうと目を開けても、まだ祈り続けているので、まぶいは慌てて何度も目を閉じ直すことを繰り返した。

今日に限って、おばあさんは早くから部屋の電気を消し、戸を閉めた。見えなくなってしまった。まぶいは白いレースのカーテンを握りしめたまま、真っ暗になってしまったおばあさんの家をしばらく見つめていた。仕方なくまぶいは立ち上がり、膝に付いた畳の跡を見つめた。指先で摩った。どこかの家から大きな笑い声が聞こえてくる。テレビでバラエティー番組でも観ているのだろうか。笑い声が束のようになって定期的に飛び込んでくる。まぶいは三角座りをして部屋の中を眺めた。正面には箪笥が見える。丸い取っ手が付いている三段の薄茶色い箪笥。主にまぶいの洋服や下着が入っている。その丸い取っ手にシールを貼っていたのだが、剥がして、今はきれいに剥がしきれなかった跡だけが残っている。いつ、どんな時に、どんなシールを貼ったのか、もう覚えていない。キラキラ光る赤色のハートのシールだったような気もするが、定かではなかった。ここから三角座りをしてその汚れのように見えるシールの跡を見つめる。なぜ一度貼ったものを剥がしたのだろう。上から、新しい可愛いシールでも貼って、その跡を隠してしまおうかと考える。

「お母さん」

なぜか、声に出して呼んでいた。

箪笥の上には、透明の収納ケースに入った、まぶいの冬物の洋服が置いてある。そのケースの上には、籠に入った、昔遊んだぬいぐるみや積み木、パズル、絵本などが置いてある。その上に、水色の布が、中のものが埃を被らないようかけられている。

いつか、安藤先生に言われた一言がよみがえってきた。

「まぶいさんは、まぶいという名前がとてもよく似合っている」

その言葉はなぜか、まぶいの心に、小さな治らない傷のように残り続けている。

例えば今ここから、まぶいが消えてなくなったとしても、膝小僧に跡を付けた畳は天井の方を向いてあるし、水色の布の上には埃が積もったままだろうし、箪笥の取っ手についたシールの跡も、そこにそのままあるはずだ。箪笥の中は暗くてどこか湿っていて、押し込まれた洋服は冷たいまま、残っていくのかもしれない。

でも、まぶいの、小さな治らない傷のような思いはどうなるのだろう。どこへいってしまうのだろう。まぶいと一緒に、消えてなくなってしまうのだろうか。そしていつも湧き起こる、こういう話を、おばあさんや安藤先生にいつかしてみたいというこの思いは、いつも、どこからやってくるものなのだろう。まぶいは透明な収納ケースの中から見える、黒いセーターをじっと見つめ、考え続けた。

母は大雨と共に帰って来た。時間は定かではないが明け方だったと思う。玄関のドアが激しく閉まる音と、その後、台所に倒れ込んだのであろう母の音でまぶいは飛び起きた。蛇口から盛大に流れ出る水の音、その後聞こえる母の、嗚咽のような吐く音で更に目は冴えた。

まぶいはタオルケットを頭から被り、耳を塞ぎその音を遮ろうとした。しかし聞こえてくるのは、母の苦しそうな嘔吐の音と、窓を叩きつける雨の音だった。

いつかもこんなふうに、タオルケットの中に隠れ、耳を塞いだ日があったことを思い出す。

梅雨時期になると、まぶいが発する、母の恐れる寝言は、そのまま全部、母がいつか発した言葉そのものだった。

その日は今日のような雨は降っておらず静かな夜だった。まぶいは夕飯の後すぐに床についた。母がいつもより早く帰ってくることを小さく願いながら、目を閉じた。

どのくらい眠ったのだろう、ふと目を覚ますと、母が隣りの部屋で誰かと話している声が聞こえてきた。耳を澄ませると、母のスナックでの仕事仲間、里子おばさんの声だった。

閉じられた襖と襖の隙間から漏れる、二人のいる部屋からの灯りが、ちょうど眠っていたまぶいの顔を半分に切るように射し込んできていた。まぶいはその細長く伸びる灯りに手を伸ばした。それから何か安心し、再び目を閉じることができた。隣りの部屋にちゃんと母はいる。知り合いの里子おばさんもいる。隣りの部屋には灯りがともっていて明るい。きっとにぎやかだ。一人ではない。タオルケットを抱きしめるようにして再び眠ろうとした時だった。

「まぶいを殺そうとした」

母が、そう言った。

まぶいは息が止まりそうになった。襖から差し込む灯りから咄嗟に逃げた。二人の会話はしばらく途切れたままだった。まぶいは灯りから更に離れ、タオルケットを抱きしめた。そして考えた。まぶいを殺そうとした。そのまぶいはマブイ、母の魂のことだと。自分のことではない。母は自分の魂を殺そうとした。それほど苦しかった。でも、自分の魂を殺す、そんなこと、どうしたら出来るのだろう。それはつまり母が自分で自分を殺すということなのだろうか。まぶいはタオルケットを頭から被り直し、目を強く閉じた。

「あの日、お母さんが来なかったら、うちはまぶいを完全に死なせていた。まぶいの泣き声が漏れ出ないように、窓もカーテンも閉め切って、うちはさ、まぶいの口の中に丸めたタオルをギュウギュウに押し込んだ。もう限界だったわけ。お母さんがあの時ずっと、玄関のドアを叩き続けてくれたから手を離すことが出来た。まぶいを殺そうとしたその手の感触と、ドアが壊れるくらい叩き続けられるお母さんの音が、いつまで経っても、どこへ行っても消えないわけ」

母は泣いているようだった。細く長く、襖から伸びる灯りは、母の涙がこぼれ落ちてくる道のように見えた。まぶいはその道をずっと見ていた。

「心を病んでいた和彦を、お母さんはずっと毛嫌いしていた。あの家のモノはずっとああいう人間を出している家だから、結婚も絶対に許さないとずっと言われ続けた。その度にうちはお母さんを憎み、そういう考えを憎み、和彦をより愛すようになった。でもお腹にまぶいを宿した時から、お母さんの憎むべき考えがうちを飲み込みはじめたわけ。あの家のモノはずっとああいう人間を出している。まぶいの命が育つにつれ、うちは和彦をどこかで避けるようになっていった。それを瞬時に、敏感に和彦は感じ取った。そうして自ら命を絶ってしまった。そんなの、うちとお母さんが殺したようなもんさーねー」

まぶいはどうしてだかわからないが、反射的に、細く長く伸びる灯りを、小さな拳で叩いていた。まぶいの手の上に、光りの線がのぼった。

「なんでうちは、まぶいなんていう名前をつけてしまったんだろう」

「和彦さんのマブイを見たからでしょう?」

「マブイって、何なのかね?」

まぶいは天井を見上げた。それはまるで、あの日、母が見たという、父のマブイが空へ、薄青い空へ円を描きながら昇っていった日のように、まぶいはそのマブイを探すかのように、顔をゆっくりと上げ、真っ暗な天井を見上げることをしていた。

まぶいって、何なのだろう。

「まぶいがマブイを探している」

そう呟くとなぜか可笑しくなって、まぶいは、

「フッ」

笑い声をたててしまった。母たちに聞こえてしまったかもしれないと、慌ててタオルケットを被り、寝たふりをした。母か里子おばさんの足音が遠ざかり、二人が再び話し始める声を聞いて、まぶいはタオルケットから顔を出した。細長い光の線、ちょうどまぶいの頭や体を半分に切り分ける位置を探して、そこに体を寄せて、再び目を閉じることにした。

このままそのまま、マブイになれたらいいのになと、小さな願いを込めて、強

く、目を閉じた。

母は重い二日酔いだったが、まぶいと同じ激しい腹痛があるという理由で、天ぷら屋の仕事を休むことになった。まぶいは本当に激しい腹痛に襲われ、歩くこともしんどかった。その日は二人で、雨の音を聞きながら、それぞれの苦痛に必死に耐えながら、一日を過ごした。

まぶいの激しい腹痛の原因は生理だった。トイレへ行こうと立ち上がり、ふと眠っていた敷布団に、何か染みのようなものがくっついていることに気が付いた。黒い、大きな虫でも踏みつぶしたのだろうかと、恐る恐るそこへ近づくと、それは拳くらいの大きさの、茶色の中に赤さも混じった染みだった。まぶいは一瞬、あまりの腹痛の果てに便でも漏らしてしまったのだろうかと慄いた。よくわからぬままトイレへ行き、ズボンとパンツを下ろすと、パンツに赤茶色の染みが広がっていた。一瞬、それが何なのか、まぶいには本当にわからなかった。ケガをした記憶もないし、病気か何かなのだろうか。少し震える指先でパンツを掴み、じっと見つめた。やがて、これはもしかすると生理なのかもしれないという考えがよぎった。いつかは生理になるだろうとは思っていたが、こんなに早く、まさか今日なるとは思ってもみなかった。トイレットペーパーを指先に巻き付け、その部分に手を伸ばし、ゆっくり当てる。その手を出してみると、やはり、赤色と茶色が混ざったような、血のようなものがしっかりくっついていた。

じっと見つめていると、その血のようなものの形が、どこかで見た何かに似ているような気がしてきた。まぶいは思いを巡らせた。この形。どこかで見たことのある、この形。

「沖縄だ！」

まぶいは一人、トイレで歓声のようなものを上げた。地図で見た、沖縄本島の形。その形にそっくりな、血の形が浮かび上がっていた。

まぶいはそれをどうすればいいのか、しばらく手に持ったまま考えていた。当然、それは汚物だから水に流さなくてはいけない。けれど、すんなりそうすることが出来なかった。まぶいはいつまでも、血の沖縄本島の形を見つめていた。

ふいに、早く流さなくてはいけないという気持ちになってきた。血に染めてはいけない。血で形作ってはいけない。便器の中にそれを放り投げ、すぐに水で流した。内腿に向かって流れてくる温かいものを感じた。

「まぶい、トイレ長いけど大丈夫ね?」

母の呼ぶ声がした。どうしてかわからないが、まぶいは戦場で倒れ、しかし、母の呼ぶ声で目を覚まし、命を取り戻した女の子になったような気持ちが一瞬した。指先で、血が出てくる部分に直接触れてみた。トイレのドアがノックされる。

「まぶい? 大丈夫ね?」

「お母さん、生理になったみたい」

まぶいの声は震えていた。

「本当にね？」

母の声は、聞いたことのない、見知らぬ女の人の声のように聞こえた。指先に付いた血を、隠すように握りしめた。


今日の寝言は、「殺そうとしてごめんね」だった。まぶいにはわからない。梅雨の中休み、よく晴れた日に逝った父。母に殺されそうになったまぶい。母の発した思いをなぜ今になってまぶいが、その梅雨時期に、寝言という形で発してしまうのか。

母はまぶいの歩く後姿を見て、

「ペンギンみたい」

と、言って笑った。昨日までしていなかった生理用ナプキンをつけて歩くことが、何かとても不自然で、股に何か挟みながら歩いているみたいで動きづらかった。変だと思った。そんなまぶいの姿を見て、母はペンギンみたいだとそう言い、笑った。

母に見送られ、まぶいはいつもの通学路を行く。本当にペンギンになった姿を想像して歩いたりした。ペンギンになっても、魂は、マブイは、あるのだろうか。

真っ直ぐに伸びるいつもの道を歩きながら、色々なことがおこる道なのだなと気づく。街路樹は梅雨の中休み、明るい陽ざしを受け朝から輝いて、泳ぐように風に揺れている。車道を走る車の窓も光る。あくびをしながら運転していた男の人と目が合い、離れる。

父と、歩くことの出来ない道なのだなとふと思う。

ゴミ収集車が、どうしてか、物凄いうなるような騒音を上げてまぶいの隣りを通り過ぎていった。母が、マブイを産みおとすのだろうか。血が溢れてきて、ナプキンに染みわたっていくのが感じられる。日差しが強い。すぐ先の家の垣根から、一輪だけ咲いた赤いハイビスカスの花が見える。風に揺れている。もう少し歩けば、そこを通り過ぎることが出来る。青い空によく映える赤だなと思う。お母さんにも見せたいなと思う。お父さんには見えているかなと思う。赤い花には、何が見えているのだろう。

「まぶいちゃん！」

背後から、まぶいを呼ぶ声が聞こえる。クラスメイトだ。

「おはよう！」

笑顔で応える。

「晴れたね！」

「嬉しいね！」

彼女が傍にかけよってきた。もう少ししたら、ハイビスカスの赤と並ぶ。彼女にも、あの赤のことを伝えようか。

「あいっ、まぶいちゃん見て！　ハイビスカス、咲いている。きれいだね」

彼女は教えてくれたのに、まぶいは教えなかった。一輪だと思ったが、よく見ると、そばにはもう一輪咲いていた。あの花は、何を見ているのかね。それだけはせめて、彼女に訊いてみたかったが、訊けずに終わった。空を見上げた。

父は、こんな日に逝ったのだなと思った。


しばらく、学校をお休みしていた安藤先生が復帰したといううわさを聞いて、まぶいは帰りにいつもの一年五組の方へ寄ってみることにした。体調を崩して休んでいることは知っていたが、一か月くらい姿が見えなかったのでとても心配していた。安藤先生の友人であるまぶいの担任、かなこ先生に様子を訊いても、体調を崩しているとしか教えてくれなかった。かなこ先生は、その話題には触れてほしくないというような顔をして、すぐにまぶいから離れた。

一年五組の水道場が見え、五つあるうちの蛇口、真ん中の三つが上を向いているのが見えた。まぶいは、なおすものがあってよかったと胸をなでおろしながらそこへ向かって歩いた。廊下を下級生たちがはしゃぎながら小走りでかけていく。小さなスカートが揺れている。生理はまだきていないのだろうなと、考えながら歩く。水道場の向こうはブランコとタイヤの跳び箱、砂場という小さな公園のような広場が広がっていて、下校時間になるといつも賑わっている。

蛇口に手を伸ばす。三つの内の真ん中の蛇口から直す。背後にある一年五組の教室。安藤先生の姿を背中で探す。見ているだろうか、いつ振り返ろうかと背中で迷う。三つの蛇口全部を元に戻したときだった。

「まぶいさん」

背後から、安藤先生に声をかけられた。戻した蛇口から、少量の水が遅れて出てきた。

「まぶいさん、一緒にトイレに行こう」

安藤先生に誘われた。

鏡越しに見る安藤先生は青白い顔をしていて、だいぶ疲れているように見えた。少し痩せたようにも見える。大丈夫ですかと声をかけようかと思ったが、先に先生から、

「まぶいさん、大丈夫ね?」

優しく声をかけられた。トイレの鏡は四角くて、四隅が濁った色をしていた。そこにはきっともう何も映らない。真ん中の部分だけが、まぶいと安藤先生を映しだしていた。

「私も小学校五年生のときに生理になったよ。そして私もよく、スカートやズボンの後ろに、血を付けて歩いていたよ」

鏡の中で安藤先生は笑った。この鏡を小さくしてブローチにして、いつも身につけておきたいなと、まぶいはそんなことを思った。

スカートに、生理の血が付いていた。まぶいは全く気付かなかった。いつから付いていたのだろう。クラスメイトたちは気づいていたのだろうか。恥ずかしく、そ

して悲しい気持ちになったが、安藤先生が洗ってくれている。ぼんやりしていたが、よく見ると、先生は自分のハンカチを使って落としてくれているようだった。ハンカチを濡らし、まぶいのスカートにハンカチに含んだ水分を使って、叩いて落としてくれているようだった。ハンカチを汚してしまう。汚くなる。声が出そうになり、顔から火が出るほど恥ずかしくなり、安藤先生に申し訳なく思った。

「すいません」

「何で、謝らんで。実は私もさ、こんなして落としてもらったことがあるわけ。私の場合は友達にしてもらったんだけどね」

小さな窓からは薄日の射す、夕暮れの光景が見えた。窓の向こうには中庭が広がり、理科室などのはいった校舎がその向こうにそびえている。

この小さな窓から見える景色は、中庭ではないとまぶいは思う。じゃあ、何なのだろうと考える。鳥の鳴く声が聞こえてきた。相変わらず、生徒たちの賑やかな声は聞こえ続けている。

窓の外のものが、こちらを見てくれていると信じられる窓だ。見つめ合っていると感じる世界。そんな思いや言葉が溢れてきて、こういう話をずっと安藤先生にしたかったんだと感じ、そうしてその先生は今、まぶいのすぐそばに、触れられる距離にいてくれている。まぶいの血まで落とすことをしてくれている。信じられないような喜びが体中に広がり、まぶいは自分が消えてなくなりそうな、喜びそのものになっていくようなものを感じていた。そしてなぜか、いつかも、どこかで、こんなふうなことがあったような、遠い記憶を呼び起こすような思いが、体のどこかから芽生えてくる感覚に浸った。

どこかで。私は怪我をしていた？　なぜあなたはそこまでしてくれるの？　なぜこんなに夕日は美しいの？　風は気持ちいいのに、あなたはいってしまうの？　なぜあなたに会ったの？　私は誰？　あなたは誰？　なぜあなたは私の血に気が付いたの？　私の血に触れてくれたの？

「出来た！　うん、だいぶ落ちた。きっとこれで大丈夫」

　目を開けると安藤先生が立ち上がり、再び鏡の中で見つめあえた。先生は微笑んだ。

「安藤先生、ありがとうございます」

　まぶいは心から礼を言った。

「まぶいさん、スカートのその部分が乾くまで、外のブランコにでも座って、私と少しお話ししない？」

　まぶいは、込み上げて来る喜びが涙に変わりそうになっていることに気がついた。必死にそれをこらえながら、

「はい」

　微笑んだ。トイレから出るとき、鏡に映る自分を見た。もう一度、自分のために微笑みを浮かべた。

帰宅すると、茶の間のテーブルの上に、生理用ナプキンの詰め合わせパックが二袋と、白いビニール袋に入った惣菜のようなものがあることに気が付いた。袋から出て来たものは透明な折箱に入った赤飯だった。メモ書きも入っていた。「遅くなったけれど、生理になったのを祝うお赤飯です。おめでとう」

最近母は今までより二時間くらい早くスナックでの仕事へと出かける。繁盛しているからと言った。そういえば天ぷらを揚げる回数も減ってきたように思う。油の匂いが、邪魔になってきたのではないだろうか。直感的にそう思う。

それでも部屋は、相変わらず閉め切られたままだ。生理になったらお祝いに赤飯を炊いて食べるという話は、どこかで聞いたことがあるし、何かの漫画でも読んだことがある。

「生理の血が緑色だったら、緑色の食べ物でお祝いするのかな」

独り言を言いながらカーテンを開け、窓を開け放つ。

「あがっ！」

部屋から部屋へ移動する際、何かを踏んだ。拾い上げると、爪だった。三日月型の大きな爪。足の親指の爪だろう。母のものだろうか。いつかの、まぶいの爪なのだろうか。とても大きく、固い。踏んでも折れない。なぜ、そんなことをしたのか自分でもよくわからないが、その固くて大きな爪の先で、ナプキンの袋を少しだけ裂いてみた。つまりながらも、スーッと横に一直線、入れてみた。もう一つの袋にも同じように線を入れた。傷口のようにも、細い目のようにも見えてきた。

赤飯を見下ろす。

「お祝いってさ」

呟いてみる。安藤先生と過ごすことのできたお祝いの赤飯にしようと、決める。


ブランコに揺れながら、安藤先生は空を見上げ、乗るのは久しぶりというか、何年ぶりだろうと言った。まぶいも、定かではないが小学校低学年の時に乗った以来かもしれないと告げた。どうしてか安藤先生はこちらを、横にいるまぶいの方を見て嬉しそうに微笑んだ。肩まで伸びた髪の毛が、ブランコが揺れる度に先生の横顔を隠したり、見せたりした。あんなに先生に話したかったことがいっぱいあったのに、心の中で渋滞をおこしているのか、恥ずかしがって皆かくれてしまったのか、全然出てこなくて、まぶいは不思議な戸惑いを味わっていた。

「さっき、まぶいさんのスカートの染みを落としている時、私のハンカチの水分でまぶいさんの染みが少しずつ薄まっていくのを見ていた時、どうしてだかわからないけれど、私の伯母のことを思い出していたの」

「おば？」

「母の姉にあたる人なんだけど。もうだいぶ前、私が子供の頃に亡くなってしまったのだけれど。その伯母によくしてもらっていた時間を思い出した。子供のいなかった伯母は、働く母のかわりによく一緒に過ごしてくれた。風邪をひいたら看病してくれたり、休日は動物園や海へ連れていってくれたりした。手の温もりが蘇ってきた。温かい手だった。まぶいさんの血の色が薄く、薄くなっていくのを見ていたら、どうしてか伯母のことばかりが浮かんできた。途中から、伯母のことを呼び起こすためのおまじないの作業でもしているように思えた。まぶいさんだから、そう感じることが出来たのかな」

まぶいは天井を見つめ、鼻までタオルケットをかぶった。今日生まれて初めて、少しだけ、自分の名前を良いと、思えた。

「まぶいさんだから?」

天井に向かって囁く。聞こえていると、届いていると、そう信じた。

まぶいは走った。走って逃げた。アパートの外階段を駆け下りる足音が、こんなにも強く聞こえてくるのは初めてだと思い、走った。何かに追われているように走った。でも、追ってくるものなど何もなかった。階段を降りきったところの段差に躓いて、まぶいは転んだ。それでもすぐに立ち上がり、走って逃げた。一刻も早くアパートから離れたかった。行くあてなどなかった。一瞬、学校のブランコが思い浮かび、あそこに座っていようかと思ったが、安藤先生のいないブランコなど、一人では寂しくて辛くて乗れないとわかっていた。

小さな明かりが心に灯るように、おばあさんの家の明かりが、まぶいの心に浮かんできた。

鶴みたいな形だなと、母の、大きく開いた白い両脚を見てそう思った。大きく開いた両脚の間に、茶色い太い木の幹のような背中の男性が挟まっていた。二人は玄関のドアを開けて佇むまぶいの姿を見て、瞬時に離れた。鶴が鶴じゃなくなったし、太い幹が幹じゃなくなった。母はすぐにタオルケットで裸の体を隠した。それは、まぶいがいつも使っている水色のタオルケットだった。

「マブイ」

母がそう言った。まぶいには「マブイ」と聞こえた。それはなぜか父のマブイに呼びかけているような声に聞こえた。ならば返事をすることなど出来ない、そう思った。

まぶいは何かを踏んでいた。見下ろすと、白い、しかしとても汚れが目立つ大きなスニーカーを踏んでいた。産まれてくる、赤ん坊の頭を踏んでいるようだった。そんな感触が足元から伝わってきて、まぶいは玄関から飛び出した。

「まぶい！」

母の、まぶいを呼ぶ声が背後に聞こえた。今度はまぶいのことを呼んでいた。自分は母に殺されそうになったのだなと、こんなところで思い出す。あの時死んでいたら。まぶいは外階段を駆け下りながらそんなことを強く思った。

マブイに、なれたのだろうか。


おばあさんは縁側に腰かけていた。門扉の前に立つまぶいを見て、

「きよみか？」

と、言った。

まぶいは膝をすりむいていた。おばあさんがそれに気づき、縁側に座らせてもらいながら、傷の手当てをしてくれた。まぶいの家にもある消毒液だった。液を傷口にかけ、おばあさんはそのあと、団扇であおいでかわかしてくれた。とても沁みたが、その痛みは、まぶいにとって、とても大切なもののように感じられた。

自分の部屋の方を見上げた。夕暮れの時の陽ざしが、辺りをオレンジ色に染め上げていた。優しく燃えている色だと思った。まぶいのいつもの窓辺も燃えていた。母とあの男性はあの中にいた。

「やさっ。これでもう大丈夫」

おばあさんはゆっくりと立ち上がり、痛そうに腰をさすりながら、消毒液を持って奥の方へと歩いていった。団扇は置いたままだった。白地に、いつかのお祭りの日付が入った団扇だった。

まぶいは変な感じがしていた。その変な感じの中には、確かな、喜びのようなものが混ざっていた。まるでそれは、マブイになって、この家へと帰って来られたような喜びだった。

奥の方から再び、おばあさんが現れた。手元には、お盆にのった二つのグラスが見えた。

「お茶でも飲んでいきなさいね」

おばあさんにも夕日が射していた。まぶいの胸は高鳴っていた。手を伸ばし触れたかった。頬に、全てに触れたかった。どんどんおばあさんが近づいて来る。触れられないことを自覚する。たとえ手を伸ばしても、触れられないものがある。それが、マブイの定めなのだろうか。

「あがが」

おばあさんがお盆をまぶいに持つように促した。まぶいはおばあさんからお盆を受け取った。赤色と青色の琉球グラスの中には、氷の入った麦茶のようなものが注がれていた。お盆を、濡れ縁にそっと、静かに置いた。グラスの中の氷がぶつかり合って、優しい音が鳴った。

おばあさんはまぶいに、お母さんと喧嘩をしたのかと訊いた。

「喧嘩ではないです」

グラスの中身は麦茶だった。おばあさんが青色、まぶいが赤色のグラスを使った。

「そうね。だったら上等さ」

おばあさんは片手で膝を摩り、もう片方の手で団扇を仰いだ。まぶいの傷口に風を当ててくれていた。

水まきをしたばかりなのだろうか。おばあさんの家の塀の前の緑が、夕日を浴びてキラキラ光っている。あれは確かサンダンカという花だ。赤い花。小さな花火みたいな花だと母に言うと、サンダンカという名前を教えてくれた。一羽の揚羽蝶が、ゆらゆらとその赤い花を囲うように飛んでいる。そういえばと思い出す。まぶいが門扉の前に立ったとき、おばあさんは誰かの名を呼んでいた。誰かとまぶいを間違えていた。確か、きよみと呼んでいた。

「これからお孫さんが来るんですか？」

揚羽蝶がサンダンカから離れていく。

「孫？」

おばあさんは左脚を伸ばして座り直した。

「孫なんていないさ。子供もいないよ」

「きよみって、さっき」

揚羽蝶がまた戻ってきた。サンダンカに留まった。蝶は、行ったり来たりを繰り返すように飛ぶ。行ったと思ったらまた戻って来て、だけどそこにとどまらない。何か、目的があるのかないのかわからない。だけどいつも、そんな姿を、こちらに見せようとして、飛んでいるように見える。

「妹さ」

と、おばあさんは言った。

「私の殺した妹」

　まぶいの傷口を、団扇で扇ぐおばあさんの手が静かに止まった。

　あなたももちろん、この沖縄で戦争があったこと、知っているでしょうと、おばあさんはまぶいに訊いた。まぶいは頷いた。頷きながら足元を見つめた。小さな黒い虫のようなものが、まぶいのスニーカーの先にピョンと飛び乗ってきた。よく見ると蜘蛛だった。嫌ではなかった。


　顔、顔、顔が浮かぶ。近くにいた誰もが自分の手元を見たり、顔をそむけたりしていた。全員のそんな顔など、いちいち見てなどいないのに、辺りにいる人間の顔が全部こちらのことを見ているのがわかった。自分は必死だった。妹の息の根を止めないといけなかったから。生きるためには生き抜くためには、お母さんの命を守るためには、妹を殺さなければいけなかった。あらゆるたくさんの顔がそれこそ息の根をつめて自分の手元だけを見ていた。自分には何も見えていなかった。生き抜くためには、お母さんを守るためにはと言ったけれど、本当はそんなこと微かにしか思わなったかもしれない。自分は妹を殺したかったのかもしれない。ガマに響き渡る妹の泣き叫ぶ声が本当に邪魔になったのかもしれない。その泣き声が自分たちを殺す声に聞こえたのかもしれない。ならば消さなければいけないとさえ思ったのかもしれない。

赤ん坊の妹の口に布きれを丸めたものを力いっぱい詰め込んで、お母さんは窒息させて殺そうとしていたわけ。だけれども全然力が入っていなかった。詰め込んだ、それでも微かな隙間を作って生かそうとしていることとさえ伝わってきた。お母さんの手が泣き叫んでいるみたいに震えていた。

お母さんの手に、何か水滴のようなものが落ちてきよった。ガマから漏れ出た水滴だったのか、お母さんの汗なのか涙だったのかもうわからないけれど、それがお母さんの手の甲で弾けたとき、自分は、それは妹の合図のように思えたわけ。いいよって。お母さんの手を払い、自分が妹の小さな口の中に力を込めて布きれと、この拳を突っ込んだ。妹は熱い熱い息の塊でその拳を押し返してくるわけ。全部全部で、押し返そうとする。泣き声で、お母さんを求める強い力で、押し返そうとしていた。ただ自分はそれに対抗した。でもやがて、その熱が小さくなり、波が引くように、静かに、何も返してこなくなった。ただの小さな空洞になった。

その後のことはおぼろげにしか覚えていない。妹に覆いかぶさって、泣き叫ぶ声を必死に押し殺しながら震えていたお母さんの背中と、妹の亡骸を近くの川の傍に埋めたこと。他にも誰かの亡骸を、同じように泣きながら埋めている人たちがいた。自分よりも年下に見えた女の子が、なぜか自分のことを睨んでいた顔は忘れられない。自分が殺したんじゃない、その子に向かってそう叫びたかった。だけど、女の子は自分のことをずっと睨みつけていた。

殺したんだと思った。

戦争が終わって、自分とお母さんは生き延びることが出来たけれど、お母さんは自分のことをあまり見ないようになった。目を、反らすようにした。見つめ合うことがなくなっていった。自分はこの手を切り落とそうと考えた。そうしたらお母さんは少しでもいいから自分のことを許してくれるんじゃないかと思った。でも出来なかった。いつも鎌を持つ手が震えて震えて何も出来なかった。それなのに、何で妹を殺すことは出来たんだろう。

自分が学校を卒業して勤め出したある夏の日、お母さんは近所の人の物置小屋で首をつって死んでしまった。

ふと見ると、まぶいの部屋の窓が開いていた。開いた窓の隙間から、白いレースのカーテンが揺れているのが見えた。こちらに手を振っているように見えた。母は、ここにいるまぶいに気が付いただろうか。

まぶいの足元にのっていた蜘蛛が、いつの間にか手の甲の方にまできていた。微かな、生きているモノの感触。おばあさんの手を見つめる。おばあさんの手に、手を、重ねたくなった。そうしてもいいのだろうかと、まぶいは心の中で蜘蛛に問う。けれど、おばあさんの手を見つめていると、まぶいも、母にそうされたと聞いたときのことを思い出す。痛みも、苦しみも何も残ってはいなかった。けれど今、身に沁みるように込み上げてくるのは、おばあさんの妹、きよみさんの痛みや苦しみ、生きようとした熱だった。おばあさんのお母さんの苦しみ、おばあさんの、痛み。

蜘蛛が、まぶいの手からおばあさんの手に向かっていこうとしているのが見えた。小さく進みながら、おばあさんの手の甲へ上ろうとした。おばあさんはそれに、気が付いていない様子だった。

「蜘蛛が」

まぶいはおばあさんの方を向いて知らせた。おばあさんはゆっくり自分の手を見た。

「きよみのマブイかね。お母さんのマブイかね」

おばあさんが言った。

「マブイになってもずっと、この手を憎んでいるはずね。許さんはずね」

気づくとまぶいはおばあさんの手をとっていた。蜘蛛は落ちた。おばあさんはびっくりしたような顔でまぶいを見た。おばあさんの手はとても温かかった。よく、わからないのだけれど、まぶいはずっと、この手をこうして包み込みたかった、握りしめたかったと思った。こうしたかったのだと、この確かな手の温もりが、まぶいにそう教えてくれているようだった。

「ありがとうね」

おばあさんは消えそうな声でそう言った。揚羽蝶がサンダンカに留まっていた。

まぶいの部屋の白いレースのカーテンは、まだ手を振るように風に揺れていた。夕日が沈む。まぶいはそこに、マブイを見た。誰かの、皆の、マブイを見ているようだった。

帰り際、おばあさんに名を訊ねられた。一つ息を吐いて、

「新城まぶいです」

と、答えた。

「マブイ?」

おばあさんは驚いた様子でそう言った。

「はい」

まぶいは俯きながら応えたが、顔を、上げようと思った。顔を上げて、おばあさんの目を見つめた。おばあさんは、微笑んでいた。そして、

「またおいでね、まぶいちゃん」

そう言って、手を振って見送ってくれた。

日曜日、まぶいは安藤先生と並んで海を見ていた。どうしてもまぶいは父の生きていた部落を、今、歩いてみたくなった。N市のKという部落に、父の生家があることを、以前聞いたことがあった。金城和彦。それが父の名前だった。

おばあさんと触れ合ってから、どうしてか父のことを深く思うようになった。一人寂しく死んだままなら、どうかしてそのマブイを温めたいと思った。それはどうしたら叶うものなのかはわからなかったが、おばあさんの手の温もりが、まぶいの心を温め続けてくれているような気がして、前に進みたいと思った。母とは変わらず接していた。あれ以来、あの男性を見てはいない。母の恋人かもしれない。それは別にかまわない。母にはたくさん笑ってほしい。もうあんな寝言など言いたくない。出来ることなら、母の手も温めたい。

安藤先生は、まぶいのそのような思いを書いた手紙を、一緒に歩いて欲しいと書いた手紙を、大切そうに鞄の中から取り出した。

「私の背中を押してくれる大切な手紙」

そう言って撫で、再び鞄の中にしまった。

Kという部落を昔、幼い頃、たった一度だけ母と歩いた記憶があった。海が、部落に入ると目に飛び込んでくる。山に囲まれ、守られるように集落が並んでいる。大きなデイゴの木があり、フクギ並木が続いている場所もある。金城という表札を探そうと思ったが、やめた。ただ部落を歩ければそれでよかった。

海も山も変わらない。父が生きていた頃と変わらずにそこにある。父は見ていただろう。海を見て母を思ったかもしれないし、フクギの木の葉に、そっと触れながら歩いたかもしれない。父が生きていた場所を、そこを歩ければそれでよかった。隣りには安藤先生がいてくれた。先生は白いTシャツに、リネンのベージュのパンツを穿き、籠バックを持ち、黒い帽子を被っていた。きれいな女性だなと思った。まぶいも、こんな女性にいつかなりたいなと思った。

「今年の梅雨は空梅雨だね。ちっともまとまった雨が降らず、晴れの日が多い」

途中、売店で飲み物を買い、まぶいがもういいというので、部落歩きはそこで終わった。二人の影を見つめながら海まで歩いた。

「せっかくだから、海でジュースを飲もう」

安藤先生が言った。

風があるためか、白波が青い海の向こうに見えた。砂浜は広く、親子連れがしゃがみこんでそこに何かを見つけたようだった。

「たぶん、蟹かヤドカリかな」

安藤先生も同じものを見ていたようだった。

「今日は本当にありがとうございました」

まぶいは心を込めて礼を言った。

「こちらこそ、誘ってくれて本当にありがとうね、まぶいさん」

安藤先生は黒い帽子を取った。折り畳むようにして片手に持った。

「私ね、十五年一緒にいた恋人に振られてしまって、その恋人は私じゃない人と結婚した。私、もう、何もいらないなと思った。そして自殺未遂を起こしてしまったわけ。それで入院して。体は元気になったから、学校に戻れたんだけど」

親子は、棒のようなもので砂浜に何かを描こうとしている。文字なのか。絵なのか。これから何を、描くのか。

「生徒にこんなことを話してしまって。やっぱり教員にも向いていないはず。それでも何とか復帰して、ある時まぶいさんに会って、ブランコで話をして、こうして手紙をもらって。何でかわからないけれど、私の中の何かが元気になっていくようで、本当に感謝している」

まぶいはどうしてか両手を広げ、自分の指先を見つめた。この手で、砂浜の親子を隠すことも出来るし、ここから包むことも、出来るのだなと思った。高い波が来て、親子連れがはしゃぎながらそこから離れた。何か描いていただろうモノが、波で消えたようだ。

「先生だったら、あそこに今何を描きたいですか？」

「え？　あそこ？」

「あの親子みたいに」

「ああ」

先生は再び帽子を被ることをした。

「何だろう。何を描こうかな。まぶいさんは？」

消えてなくなる。必ず波がそれを消し去る。あるいは風が砂を運び、姿形を消し去ってしまうだろう。それでも、描きたいもの。自分が描いておきたいもの。今ここに記したいもの。

母の顔が浮かんだ。母の手首の傷が浮かんだ。困ったようにまぶいを見て笑う、母の顔が浮かんできた。

「消えないモノを描きたいな」

まぶいは、海の、真ん中辺りを見つめてそう言った。

安藤先生が、まぶいの方を見つめているのがわかる。

「消えない、モノ？」

「消えてもなくならない、あたたかいもの」

砂浜の親子は何と描いたのだろう。五人で拍手をしている。誰かの誕生日を祝っているみたいに喜んで、見える。

「私もまた、やっていこうと思う。前を向いて」

　安藤先生は海を見つめてそう言った。

「まぶいさん、あの親子連れが何を描いたのか、砂浜に降りて見に行こう」

　先生は立ち上がった。まぶいも立ち上がった。砂浜を行く途中に、足元に光るものが見えた。小さな、ハート型の貝殻だった。薄いピンク色がかかっている。母へのお土産にしようと決めた。ポケットに入れて、もう一度、それを手で包み込んだ。それから少し先を歩く安藤先生の元へと走った。親子連れがこちらに気が付き、笑顔で迎えてくれた。

　その向こうには、どこまでも広がる、果てしない海があった。

# 静音

「やっぱり高橋のおばあちゃん、呆けちゃったみたいよ」

　母は仕事帰りに寄ったスーパーの袋を、台所の流し台に大きな音をたてて置いた。よく見ると、側面が縦十センチくらい裂けて破れている。よく、中のモノが落ちなかったことだ。

「静子が聞いていたあの声も、やっぱりホンモノだったわけか」

　買ってきた中のものを表に出すのは、当然私の役目とでもいうように、母はスタスタと洗面所に向かって歩いて行った。何を買ってきたのかと覗けば、ポン酢と素麺のつゆ、それに自分専用の歯磨き粉と、キウイフルーツの五個入りパックだった。ポン酢も素麺のつゆも、まだ冷蔵庫の中にあったはずだと覗けば、両方とも、瓶の半分以下しか中身が残っておらず、流し台の下の棚にも、買い置きの品は入っていなかった。

　棚をゆっくり閉める。袋の中の、新しいポン酢と素麺のつゆを、袋の破れた場所から取り出してみる。たった今閉めたばかりの棚をもう一度開けて、その中に入れなくてはならない。

洗面所から、母のうがいの音が聞こえてくる。ぺっと、口から水を吐くそのときの音が、やけに大きくて耳障りだった。洗面台のあちこちに、口から吐き出された水が飛び散って、いつものように辺りを濡らしているだろう。鏡にまで付いているだろう。ぺっと吐き出すその水の中には、今日一日の吐き出したくても吐き出せなかったもの、つまり鬱憤やたまった疲れも当然含まれているだろう。一日中家にいる私には、その音が大きなものであればあるほど、身を縮こませなければならなくなる。そんな、外に出て働いている母の目の方が、冷蔵庫の中の不足しがちなものを見極める力が高い。私は棚の取っ手の錆びを見ていた。銀色の取っ手に、赤褐色の錆びが広がっている。

「あーお腹すいた」

母が戻って来た。錆びに触れる。

「今日は何作ったの?」

母が私の後ろを通り過ぎて冷蔵庫を覗く。慌ててポン酢や素麺のつゆを棚にしまう。

「今日は冷やし中華。盛り付けも全部終わったら呼ぶから、それまでテレビでも観て待ってて」

母はその前に、先にキウイを食べたいと言って、私の隣りに立ち実を洗いはじめた。私は袋から最後の品の歯磨き粉を取り出して、スーパーの袋を丸めて捨てる。

「お母さん、袋、破れていたよ。よく中のモノが落ちなかったこと!」

得意げにそう言う私の後ろを通り過ぎながら、

「知っていたよ。落ちないように持ってきたの」

そう言ってキウイとスプーンを持ってテレビの前に腰かけた。私は袋の裂け目をもっともっと大きくして、それから丸めて捨てた。そのときだった。

「きなさい!　きなさい!　きなさいってば!」

高橋のおばあちゃんの声が聞こえてきた。リモコンを掴んでいた母が手を離し、テーブルの上に落ちる音がした。裏返って落ちたリモコンを、母はちゃんと表にして置きなおし、それから窓に近付いて行った。

「きてって言ってるでしょ！　きなさい！」

「これね」

　母は振り返って、私の目を見てそう言った。

「うん」

　私は声にならない声で頷く。ゴミ箱に投げて、入ったと思っていた袋が床に落ちていた。丸めて捨てたはずが丸まりきってはおらず、床の上で、袋はゆっくりと開いていった。生きモノを見ているみたいだった。袋に近付く。手に取ると、スーパーのシールに目が留まったので、それを裂け目に貼り付ける。

「きてってさ、来いって意味なのかしら。それとも服を着なさいとか、そういう意味なのかしらね」

窓をゆっくりと閉めながら訊く。私にはこっちに来てという意味に聞こえたが、
「さあ」
と、答えた。今度はきちんと袋をゴミ箱に捨てた。奥に突っ込んで捨てた。

食事を終え、いつもどおり母が風呂に入っているあいだに食器を洗う。こういう生活をはじめてもうすぐ一年が経つと、濡れた手をエプロンで拭きながらカレンダーを見ていた。

台所の蛍光灯が時々、何もしていないのに一段、暗くなったりする。力いっぱい紐をひっぱると、もとの明るさに戻る。が、またすぐ暗くならないか常に気になる。風呂場から、洗面器が何かに当たった音がする。静かな夜だ。

高橋のおばあちゃんは今、どうしているのだろうと思いながら、左手の甲に残っていた、形のいい水滴を一つ、そのまま滑らせるように、腕の方へ腕の方へとゆっ

くり運ぶ。途中で腕から落ちてしまわないように慎重に動かしていく。しかし勢いがついてしまい、肘の辺りで水滴はあっけなく床に落ちた。

「難しいんだな」

しばらくの間、床に落ちた水滴を立ったまま見つめていた。そのうちふと、何の根拠もないが、高橋のおばあちゃんが今、ベッドに仰向けで寝ながら、真上の蛍光灯の明かりをじっと見つめているような気がした。そして考えてみる。私は水滴を、いったいどこへ運ぼうとしていたのかと。

「あー気持ちよかった。蒸し暑いけど、やっぱり湯船にはつからなきゃね」

母が真赤な顔をしてやって来た。そして冷蔵庫から冷たい麦茶ポットを取り出し、カウンターの上に置いてあったグラスに勢いよく注ぎ、喉をのけぞらせて飲んだ。もう一杯飲んで、三杯目の麦茶はいつものように寝室に持っていくだろうと思った。

「でもさ、高橋のおばあちゃんって、夜はちゃんと寝るんでしょうね。全然聞こえないじゃない？　あ、でも夜は窓もみんな閉めているし、クーラーもつけているから聞こえないだけかしら？」

「うん」

私は先に水につけておいた、麺を茹でた鍋を洗い出した。

「いつまでも一人で大丈夫かしらね」

三杯目の麦茶をここで飲み干した。気が付くと母は、私がさっき落とした水滴を踏んで立っていた。

「おやすみ」

四杯目の麦茶をグラスに注ぎ、後ろ姿を見せて出て行った。

また、蛍光灯の明かりが一段暗くなった。床の水滴はもちろん形を残しておらず、染み込んだのか、跡形もなくなっていた。なぜだろう。高橋のおばあちゃんの叫ぶようなあの声を、今ここでたぐりよせるように思い出していた。

きなさい！　きてって言っているでしょう。

一段暗くなった蛍光灯の下で、床に染み込んでいった水滴の跡を指先で探す。床は冷たい。

「何やってるんだろう」

何やってるんだろうなんて考えないから、呟けないから、おばあちゃんは叫ぶのだろうか。夜なのに、蝉がまだ鳴いていた。


風呂から上がり、グラスに氷を二個入れて麦茶を注ぐ。台所の時計で午後十時二十分であることを確認し、電気を消して自分の部屋へ向かう。暗い廊下を歩きながら、グラスの中の氷が触れ合ってたつ音に耳をすませる。ドアノブに手を伸ばす。そういえばここの銀色は錆びないなと思う。

電気をつけずに部屋に入れば、白いレースのカーテンの向こうに、いつもの明かりが見える。部屋の、デジタル式の時計でも時間を確かめる。あと、三十分は楽しめる。そう思って窓辺のベッドに座り、レースのカーテンを右手で少し捲って外を見る。

道向かいに、コインランドリー屋が出来た。私がこの生活をはじめたちょうどその頃にできた。だから店も開店してもうすぐ一年になる。

今は誰もいない。乾燥機も回っていない。クーラーでもついているのか扇風機が回っているのか、真ん中のテーブルの上に開いて置いてある雑誌が、パタパタと動いて捲れているのが見える。誰かが待っている間に読んでいたものだろう。きちんと元の場所に戻さず、テーブルの真ん中にそのまま置いて帰ったのだろう。店は午後十一時に閉まる。五分前になればいつもの、あの初老の男性がやってきて店を閉める。パタパタと捲れているあの雑誌が、店の中で最後の客のように動いている。

今日は、あれがきちんと片付けられるのを見届けよう。

グラスを揺らして氷の音を聞く。この時間が今の私の、一番の楽しみになっている気がする。一体、何を楽しんでいるかなんてわからないが、店の明かりが消えたのを確かめてから、毎夜、眠りにつくようになった。

今日は十分前に店の男性がやってきた。通りに出してある看板を中に入れ、持ってきたビニール袋にゴミ箱の中のゴミを入れて持ち帰る。乾燥機を一台ずつ開け、忘れ物がないかチェックしている。掃除は開店前にするらしい。雑誌が捲れなくなったので、クーラーか扇風機を止めたのだろう。一つずつ明かりが消されていく。そして、男性はテーブルの真ん中の雑誌を手に取り、投げるように本棚へ片付けた。なんとなく、痛みをおぼえる。

全ての電気が消えた。看板の明かりも消えた。スクーターのエンジン音がかかり、いつものように男性はどこかへと帰って行った。私も白いレースのカーテンをきちんと閉めて、分厚いカーテンもその上から閉めた。真っ暗な中で、手探りで蛍光灯から伸びる紐を探してひっぱる。眩しいくらいに明るくなった部屋。その明かりのもとでグラスをかざせば、氷が小さくなっているのがわかる。同じ大きさの氷だったはずが、一つの氷は、もう一方のに比べるとだいぶ小さかった。ふと、蝉の声はまだ聞こえるかと耳をすませたが、なくなっていた。どこかへ飛んでいったのか、それとも死んだのかなと思った。手元の氷が自ら音をたてた。

母の車が故障して、修理にだしている。しかし代車が借りられなかったので、勤務先である市役所に私が毎朝車で送っていた。

「ありがとう」

ドアを閉め、どんどん小さくなっていく母の背中を見つめながら、そしてその母と同じように、市役所の出入口に向かって行く、私と同世代の誰かの後ろ姿を見つめながら、普通は逆だろうと、ここ数日何度も口にしていた言葉を今日も思い、車を発車させた。そろそろまた動き出さなくては。

「あたしも定年まであと二年はあるし、静子も働きづめだったし、ちょっとくらいゆっくりしてみてもいいんじゃない？」

去年の今頃、母にそう言われた言葉に甘えて今日まできている。

「あたしとしても、家事を全部してもらったら楽だし、あたしは別にいいのよ」

高校を卒業して、地元のホテルに就職した。しかし、そこで働いていたウエディングプランナーの仕事に興味をもち、働きながらプランナーの学校に通い、別のホテルで今度はプランナーとして就職した。ちょうど十年勤めたことになる。

私は今年三十二歳になる。そして去年の六月末に退職した。就職したといっても嘱託職員という立場で勤めており、毎年契約をしなおしていたのだが、その年は契約しなかった。そして受け持っていた婚礼の仕事を終えてから正式に退職した。契約しないときいて周囲は驚いていたが、でも、予想通りという顔も皆がしていたように思う。

付き合っていた彼がいた。同期で年齢は一つ下だった。八年付き合ってきて、結婚の話がでなかったわけではないが、同じホテルで働く彼と、ウエディングプランナーとして働く私は、仕事に夢中だったと思う。あるいは、仕事に夢中だということにしてきたところがあったと思う。その八年のあいだに父は亡くなってしまった。まだ元気なうちに結婚しようという話もあった。そのときが一番、結婚には近かったかもしれない。けれど話は話で終わった。そして彼は二年前に入ってきた、プランナーの後輩と結婚した。

色々が明るみになり、彼女と結婚することを告げられ、それでも私はもちろん仕事を辞めなかった。

いつもどおり仕事をし、お客さまに感謝される。新婚旅行で行ったパリからの葉書が職場に届く。溜めてある葉書をいれたクッキーの缶に、また一枚葉書が重なり、増える。その缶は、最初に担当したお客様から頂いた、ディズニーランドのお土産のクッキーが入っていた缶だ。年賀状の写真では子供が一人また一人と増えていく。その度に私は、ありきたりな出来事だなと思った。ありきたりな出来事の上に、人はそれぞれ乗っかって、もしくはその中にいるだけ。

私は恋人に去られたが、それもよくあるありきたりなことだ。そう考えるようにした。そして私は今日も、人様の婚礼を受け持つ仕事をさせてもらい、そういう出来事の担当者ではないが、そういう元にいるだけだと何度も言い聞かせた。本当にそうだろうかという声を体のどこかで聞きながら。だからだんだん眠れなくなったり、なぜか夜になると微熱が続いたり、朝は嘔吐をくり返したり、過呼吸の症状が出たり、蕁麻疹ができたり、ずっと瞼が痙攣をおこしたりという細かな症状が出ても、これはありきたりな出来事をただまっとうしている、遂行しているだけなんだとした。

その後輩の女の子は産休育休をもらった。無事に産まれ、職場からお祝いの品を贈るということになったが、私には集金がこなかった。笑顔で、「私も出すよ」という方がいいのか、それとも知っていて知らないふりをする方が安全なのか、何度も考えていたからか、夢に何度もその場面が出てきた。

夢の中での集金は、なぜか私のあのクッキーの缶に、お金が集められていた。「私の葉書は?」と、夢の中では叫んでいた。それは私の缶だよ! その中の私の葉書は? 捨てられたのかと思って涙を流して目覚めた日もあった。別の日は、夢の中で、葉書のことを訊かない方がいいのかどうか必死に考えて、缶にお金を入れている自分の手も出てきたことがあった。

ある日は、仕事帰りに寄ったスーパーで、後ろに並んでいた、子供を抱っこした若い母親と父親が例の二人だったことがあった。夢かと思ったが、こちらは夢ではなかった。私に気がついて固まっている彼らの体温を感じた。それは決して冷えたものではなかった。子供も含めた三人で、固まりあっているように感じた。

私からは後ろを絶対に見ないようにした。そのうち、籠の中に入った生理用ナプキンが見えてきた。ナプキンだけが最後の最後まで残されていく。私はそこからも目を逸らしたくなった。レジの店員は男性だった。何も言わず、黒いビニール袋にナプキンを入れた。籠を持って背中を向けて離れ、買ったものを袋に素早く詰めた。隣りにいた老人の方から、小銭を落とし床にぶちまける音がした。が、拾ってあげることができずに、足早に去ろうとした。少し離れたところにお守りと、何十円かが落ちているのが見えた。私はこういう役目であり、こういう出来事の上に自分がいるだけだと考えた。そして手を伸ばし、お守りと小銭を拾って振り返ると、二人がこちらを見ていた。後輩の彼女はすぐに目を逸らしたが、彼はこちらを見ていた。泣きそうな目でこちらを見て、口元だけは笑っていた。だから私はもっと強い笑みを浮かべて彼の目を見、老人のもとに歩いて行った。

「これ」

と言って、手に持ったお守りと小銭を、老人の小さな手の中に落とした。老人の手は温かくて、少し、泣きそうになった。

「どうもありがとう」

お守りの上の「福」という文字が、やけにはっきりと浮かび上がって見えた。

退職することもありきたりなことだと考え、遂行することにした。

母を送り、家に着く頃にはコインランドリーの乾燥機は二台回っていた。車も店の前に一台停まっており、中に中年の女性が一人居た。それを見届けて玄関のドアを開けようとしたところで、鞄の中の携帯電話が鳴った。妹からだった。

「お姉ちゃん、今日来られる？」

妹は結婚し、五歳と二歳の子供が二人おり、旦那は去年から仙台へ単身赴任となった。妹も働いているため、子供が熱を出したりすると私に助けを求める。

「お姉ちゃんが今、フリーで本当に良かった」

その声を素直に受けとり、感謝することが出来る日もあるし、そうでない日もある。

「わかった。洗濯物干してから向かうから。何か買っていく物はある？」

今日は感謝できない日だった。

洗濯機の中から、絡まった洗濯物を引っ張り出す。なんでこうも絡まるのだろうと腹がたち、右手に掴んだ洗濯物を引っ張りすぎ、棚に強く手をぶつけた。

私は、こういう自分を、どこかで好んでいるのではと考える。時々強くそう考える。嫌いじゃないから、いつまでもここにいるのだろう?

ここからもコインランドリーは見えて、脱衣所の窓から見える範囲の乾燥機全部がクルクルと回っている。あの中の洗濯物だって、絡まっているんだなと考えた。

みんな、忙しくしているのだなと思った。

そろそろ梅雨明け宣言されるだろう。ここ数日は雨も降らず、晴天が続いている。ベランダに立ち、干し終わった洗濯物が強めの風に揺れているのを、日陰に入って籠を胸に抱えながら見ていた。一刻も早く、姪のもとへ行かなければならないが、輪郭の弱い入道雲が、ゆっくりと大空を移動する様子や、どこかの家の同じように干された洗濯物が、風に揺れているのを見るのは心落ち着くものがあった。なぜかふと、オムライスの上の、ケチャップの赤を思い出した。

小学生の低学年までは団地に住んでいた。夏休み。両親は共働きだったため、隣りの幼馴染みの男の子の家で、昼食は食べさせてもらっていた。そこのおばさんのオムライスは本当に美味しくて、幼馴染みの男の子とその弟、私と妹の子供四人は、おばさんにいつもオムライスをリクエストして作ってもらっていた。

ダイニングキッチンの、四人掛けのテーブル席に座って喜んで食べた。卵の上に、ケチャップで好きなモノを描くのも楽しみの一つだった。ハートや星、似顔絵を描いたりしていた。そしていつものように、四人で手を合わせ、いただきますと元気よく言ってから食べ始めるのだが、その日、私は一向にオムライスに手をつけられなかった。カチャカチャと、スプーンが皿に当たる音が響く中、私は動かず

に、ただ黙ってテーブルの上のオムライスを見つめていた。おばさんが心配して、

「せいこちゃんどうしたの？　お腹でも痛いの？」

と訊くが、そうではないと、首を振るのも嫌だった。

目の前にはただ、丸くて温かそうな黄色いオムライスがあって、我家と同じ造りの、でもよそのお家の匂いがする台所に今私は居て、冷蔵庫に貼ってある似顔絵はなぜか嬉しかった。そしてベランダの網戸から見える空は青く、レースのカーテンは気持ち良さそうに夏の風に揺れていた。

みんなのたてるカチャカチャという音が、ずっと止まらなければいいのにと思った。レースのカーテンのあの揺れが、ずっと柔らかいものであればいいのにと思った。どこか遠くで蝉の声が聞こえていた。あの蝉が、死ななければいいのにと思った。

目の前の、豊かに膨らんだ円いオムライスに、手がつけられなかった。私はただ目を丸くして、オムライスを見つめながら、これが幸せなのかと考えた。ならば、

幸せならば動けないと思った。動けば終わる。
それでも、オムライスを作ってくれたおばさんの顔をちゃんと見たいと思い、ゆっくり顔を上げると、おばさんは悲しそうな顔をしていた。心配そうな顔もしていた。自分がいくら幸せだと思っても、人を、悲しい顔にさせることがあるということを知った。それで私は動き出すことができた。元気よく笑って、スプーンに手を伸ばした。まだ黄色い面に何も描いていなかったので、赤いケチャップを手に取って花丸を描いた。みんなは半分以上食べ終わっていて、みんなの赤はすっかり崩れていた。私は一気に、あれになりたいと思った。

母の下着が物干しから飛ばされてしまった。持っていた籠を下に落とし、日差しの強い中へ駆けて行った。空からは容赦ない強い光が差していた。下着を手にし、薄目を開けて前を見ると、こちらを見ている視線を感じた。高橋のおばあちゃんが、ベランダの日陰に置いてあるベンチに腰掛けてこちらを見ていた。その隣りでは、一人息子のお嫁さんだろう、洗濯物を干していた。パンパンパンと、洗濯物を一枚ずつ叩いて干す、叩いて干すを繰り返していた。乾いた音が響いていた。お嫁さんは軽く頭を下げた。私も頭を下げる。高橋のおばあちゃんは少し首をかしげて、ぼんやりした眼差しでこちらを見ていた。右手の、母の下着を握りしめる。落とした洗濯籠さえも、強い風に押されて転がっていった。

二歳の姪は扁桃腺が弱くよく熱を出す。妹に頼まれた、子供の似顔絵の入ったリンゴジュースを与える。四本で一パックになったそのリンゴジュースのビニールを剥がす。笑った顔の男の子、怒った顔の女の子、泣きそうな顔の男の子、意地悪そうな顔をしている女の子が一列に並んでいる。

どの顔のジュースを与えようか、一瞬手が止まる。どうだっていいこと、どれだって同じことはわかるし、そんなことよりも苦しんでいる姪に早くこのリンゴジュースを飲ませてあげることが一番で、それをわかっているのにしない、出来ないのが、私が何より独りよがりで、そして母親に不向きな体質気質だということもわかる。気がつくと、意地悪そうな顔をしている女の子のジュースに指先が触れていた。姪が後ろの方で苦しそうに咳をしている。この顔のジュースは、私が飲もうと思った。

寝ている姪を抱きかかえて起こし、小さな背中を支えてジュースを飲ませる。元気よく笑った男の子のジュースを、一気に吸い込みながら飲む姪の頭からは、汗の臭いが強くした。背中もびっしょり濡れ、覗き込むと前髪も汗で額にくっついていた。その汗の臭いをなぜかもう一度大きく吸い込み、嗅いだ。元気よく笑った男の子の似顔絵が、姪の苦しんでいる顔を、汗を、喜んで笑っているように見えた。

肌着もパジャマも新しく着替えさせ、再度横にする。ゆっくりおとなしく目を閉じる姪の眼差しを見届け、空になったジュースのパックを持って台所へ行く。潰して台所の三角コーナーに投げて捨てた。

私も喉が渇いた。さっき決めたとおり、意地悪そうな顔の女の子のジュースを飲む。細いストローを小さな穴に差し込むと、スポッと、気持ちのいい音がした。一気に飲み干す。甘ったるいリンゴジュース。今度はただ潰して捨てずに、紙パックを開いて捨てる。角と角を開いていくと、そこに小さく何か書いてあるのが見えた。右の方には、「きちんとすててくれてありがとう」と書いてあった。左の方には「いじわるしてごめんなさい」と書いてあった。慌てて、さっき三角コーナーにただ潰して捨てたパックの角も開いてみる。右側には同じように書いてあった。左はと思って開いていくと、「えがおがいちばん!」と書いていた。

これを知った私の今の顔に言葉をつけるとしたら、どんな言葉だろうと考えた。台所の、レンジの暗い黒い部分に顔を映してみる。「馬鹿なおばさん」という言葉が咄嗟に出てきて、思わず笑ってしまった。このまま馬鹿なまま、私はどこに行くのかなと思った。そして頭の隅で、もし、大人の似顔絵のリンゴジュースがあったとしたら、左角を開いたそこに書かれている言葉は、子供の頃を思い出させるものが書いてある気がした。元気いっぱいだったね、笑顔がかわいかったね、泣き虫だったね。変わらないねと書いてあったら、なぜか一番怖い気がした。

後ろの方で姪が何か言っている。目を瞑っているので寝言だろう。近付くと、

「お母さん、お母さん」

と、呼んでいた。私って、何だろう。枕もとにゆっくり座る。布団から出た小さな左手を握り締めてみると、ちゃんと力を込めて握り返してきた。

「お母さん」

「いじわるしてごめんなさい」

「えがおがいちばん」

姪の耳もとで呟く。

それから数日が経ち梅雨が明けた。母の車も直り、姪の風邪も治った。向かいのコインランドリーは、梅雨時ほどの客はいないものの、いつも洗濯機や乾燥機のいずれかは回っていた。そして、高橋のおばあちゃんの声は、まだ聞こえてきた。

我家の左隣の家に高橋のおばあちゃんは一人で住んでいる。旦那さんはだいぶ前に亡くなっている。一人息子は大学の教授をしている。奥さんと二人で隣りの県に住んでいる。だから時々姿を見せる奥さんは、こちらにやって来るだけでも大変だろうなといつも思う。おそらくもうそろそろ施設に入るか、息子さんの家で暮らすかをするだろう。ヘルパーさんが毎日来ているのだろうか、声が落ち着く日が増えたと思うが、叫ぶように、一人で誰かを呼んでいると思われるあの声はまだする。そろそろ二ヶ月は経つ。

その声を耳にするたび、特に最初の頃は、心がどんどんふさがれていった。それなのに耳は、どうしてもその声を追いかけてしまう。聞こえなくなると、聞こえてくるのを待つようにしている。何度も家事の手を止めていたことを思い出す。

あの家には他に誰も居ず、おばあちゃんが一人で叫んでいるのなら、その声を毎日、近くで受け止めているのは自分じゃないかと思った。毎日家事をして暮らしている私は、おばあちゃんと同じ家にいて、見て見ぬふりをしている家族の一員であるような気もした。何で私が今、あんな声を聞かなければいけないのかと耳を塞いだ日もあった。こういう生活をしているからだろう？　と、すぐに答えが出てきて、また耳を塞ぎたくなった。そんな、落ち着かない毎日を過ごしていた。

高橋のおばあちゃんは小学校の先生をしていた。大きな病気をして、それが理由で退職したと、当時学生だった私は聞いた。その後なぜ病気の詳しい内容を聞くことになったかは覚えていないが、高橋のおばあちゃんは子宮ガンの手術をし、その後鬱病になり、病院へずっと通っていると聞いた。でもそうだとしても、私には特に変わりのない、お隣りのおばあちゃんだった。

高橋のおばあちゃんと、一度だけ話をしたことがある。

布団を干そうとすると必ずというほど、高橋のおばあちゃんも干していた。私は家族四人分の布団を干すが、おばあちゃんは一人分の布団を干していた。そしてなぜか、取り込む時間帯が同じだった。そろそろ取り込まないと冷たくなると思うころが、一緒だったのだろうか。会うといつも会釈をし、笑顔で取り込んでいた。そんな中でたった一度だけ、温かくなった布団に触れながら、ベランダで二人で話をした。

よく布団を干す姿を見かけるが偉いねと褒められた。最初は母に干せと言われていたから干していただけだが、そのうち、頼まれなくても干すようになっていた。それは、干すと布団が温かくなり、なんとなく軽くなっていて、そのすっきりとしたような感じが好きだったからだ。他にはない温かさに思えた。ベランダに出すときは湿っていて、どことなく重いのに、取り込むころにはすっかりふっくらとしている。体温を得たように思える。元気になった人を抱くように、布団を家の中へ運ぶ。

「偉いのではなくて、ただ温かくなった布団が好きなだけです」

高橋のおばあちゃんは優しい笑顔で、

「温かい布団に寝られることが、私は一番幸せなの」

と、言った。

「みんな同じ太陽の恵みを浴びて、その日の夜は眠れるでしょう。誰かと同じ温もりを抱いて眠っているかと思えば、一人ではない気がするのよ」

おばあちゃんは布団を撫でていた。

「私は、布団を取り込むときの、あの音も好きなんです」

そう言うとおばあちゃんは、足元にあったのだろう、布団叩きでパンパンパンパンと、自分の布団を叩いてみせた。そしてこれでしょ？　という顔で再び優しい笑顔を見せた。

「この音を街のあちこちで夕方に聞くと、なぜか安らかな気持ちになります。みんな同じように、今日という一日が終わるのだなと思って。私の一番好きな音です」

　笑っていたのに、優しい微笑みを浮かべていたはずなのに、私がそう言うとどうしてか一瞬、高橋のおばあちゃんは悲しそうな顔をした。終わるという言葉は、いけなかったのかなと思った。でもまたすぐ笑顔に戻り、

「今日はいい夕方だ」

と、言った。けれど、布団は少しだけ冷たくなっていた。おばあちゃんも、そのことに気がついていただろうか。布団の上にのった皺くちゃな手が、夕方の光を浴びて不思議な色をしていた。しばらくして、高橋のおばあちゃんがパンパンパンと布団を叩き始めた。私も、一番端の布団から順に、パンパンパンと叩く。

　二つの音が、私たちにはわからない会話をしているみたいだった。この会話は、

どこかの誰かに届いているのかなと思った。

夜、母が熱を出した。三十八度五分あった。夏風邪か、季節外れのインフルエンザかわからなかったが、本人は熱中症だと言った。

「今日は外回りの仕事ばかりしていたから」

久しぶりに出した氷枕に頭をつけて横になる母の、顔中に広がるシミを見ていた。

「クーラー、直接当てると今度は冷えるから、上下に動かした方がいいんじゃないの？」

私の提案に、瞬き一つして返事をする母。横たわる母の黒目が光って見える。まるで子供のもののように、いきいきとした色に見える。顔中に広がるシミは子供の何とすればいいかと考えていたとき、下から母が、

「静子も早く寝なさい。顔色がよくない」

と、言った。クーラーのリモコンの、風向というボタンを思い出したように押す。

風が動きだす。上に、下に。

「うん。そうする」

子供みたいな声が出た。

オムライスを前に動けなくなった子供。私は幸せを前に動けなかった。ならば今、何を前にして動けないのか。変わらず、幸せを前にしているから、動き出せないのか。

「おやすみ」

ドアを閉めようとしたとき、背中にか細い母の声が聞こえた。背を向けたまま、

「おやすみ」

と、こたえた。今度は、子供みたいな声にはならなかったと、安心した。

雨が降ってきた。いつものように部屋の電気を消して窓際のベッドの上に座り、

白いレースのカーテンを片手で少し捲る。表を、夜のコインランドリーを、見ていた。時々、窓を叩きつけるような強い雨になり、目の前が滲んで外がよく見えない。誰か居るのはわかる。一人だ。椅子に腰掛け雑誌か何かを読んでいるのだろう。

「お母さんは、子供のお母さん？　それとも大人のお母さん？」

子供の頃、母にそう訊ねては、度々首を傾げられていたことをふいに思い出した。

お母さんの目の前に私はいるが、でもお母さんはお祖母ちゃんの子供だ。私を前にするとき、子供であることはどうなるものなのか。もし、子供であることが消えているなら、その子はどこへ行くのか。消えていないのなら、お母さんは、子供のお母さんだと言った。

「意味がわからない。お母さんにはよくわからないな」

と、母は言った。

「大人の子供」

雨が少し弱まり、夜の窓に映る自分の顔が見える。たくさんの雨粒が顔を伝って落ちていく。その更に向こうで、誰かが立ち上がったのが見えた。コインランドリーの中、さっきまで座っていた場所に、空白の色が見えた。ふと、あそこに私も座ってみようと思った。ここから見つめているだけで、そういえば一度も、あの中に入ったことがない。

新しく来た車が店の前に止まった。赤いライトがいつまでも点いている。私の思いつきを、支持している色に見えてきた。

夏に安定感が増すと、雨がよく降るようになった。風に少し冷たいものを感じたり、灰色の雲が広がり始めると降る。ここ数日は決まって夕方に降る。

早めに夕飯の支度を終え、一息ついているころに、パラパラと、地面を叩きつけるような雨が降ってきた。いつもは辺りが暗くなってから降るのに、その日は何も空に変化が見えないのに、突然強い雨の音がした。洗濯物は取り込んでいたが、家中の窓が開いている。カーテンが大きく揺れている。慌てて窓を閉めに走る。最後に自分の部屋の窓を閉めに行く。傘を持っていない、部活帰りの学生たちが家の前の道を、タオルで頭を隠すようにして笑いながら歩いているのが見える。表を走る車の天井に、強く弾かれる雨の線が見える。コインランドリーの中に、一人の少年が座っていた。レースのカーテンが少し濡れていた。急いで窓を閉めなくてはいけないが、なぜかその濡れた部分を確かめるように掴みながら、少年だけを見つめていた。その間、車も自転車もバイクも人も通ったが、少年だけを見ていた。

今、あそこに行ってみようと思った。

コインランドリーの前の道に立ったとき、石鹸の甘い優しい香りがした。こんな香りが辺りに漂っていたことを知らなかった。店に入ると、少年がちらっとこちらを見た。小学三、四年生くらいに見えた。漫画を読んでいた。よく見ると肘にケガをしている。血の色が見える。

店内は明るい。乾燥機も洗濯機も回っていた。店の中には大きな観葉植物が一つ、隅っこの方に置かれていた。家の窓からは見えなかった。

少年の隣りに座ろうと思った。白いベンチのような長椅子の隅っこに少年は座っている。いきなり、ただ隣に座られたら変に思われるだろうと思い、あくまでも利用者の素振りをして、私も小さな本棚から雑誌を選んだ。週刊誌が多くあった。去年のものもあった。一冊手にとり、少年から少し離れて座る。我が家が見える。私の部屋は、もう少し少年の傍に寄らなければ見えなかった。少年の座る位置から、一番見えるだろうなと思った。

雨は、弱まったかと思ったら急にまた強く降り出したりした。道に水がだいぶ溜まってきたのだろう、車の、その水を弾く音が重そうにだるそうに聞こえる。少年は口元をブツブツとさせながら、漫画を読んでいる。声は聞こえないが、口を動かしながら読んでいる。声にしてもいいのにと思った。

小さな子供を一人連れた女性が入ってきた。一番奥の乾燥機が止まっていたらしい。そこから、乾いた衣類を真ん中のテーブルにのせ、なぜか二種類に分けている。小さな子供は女の子で、手にリンゴジュースを持っていた。小瓶に入ったジュースだった。少年はまたしてもちらっと新しく来た二人のことを見たが、すぐに漫画に目を向けた。相変わらずブツブツと呟くような口ぶりをしている。母親であろう女性は、一つの袋には洗濯物を投げるように、突っ込むようにして入れたが、もう一つの方は一枚一枚ていねいに畳んで入れていた。

時計を見る。いつもこの時間帯は台所に立っている頃だ。昨日来ていたら、昼間来ていたら、この人たちと会うことはなかったんだなと思った。そのとき、床に瓶が落ちる音がした。母親が、

「ちょっとめいちゃん、何やってんの？」

手を止めることなく注意した。幸い、中のジュースは飲み干されていた。瓶も、

強い瓶なのか割れることはなかった。割れてもおかしくない音がしたのに、隣りの少年はそんなことお構いなしに漫画を読み続けていた。よほど、集中力のある子なのだろう。そしてそのうち、母親と娘は店から出ていった。雨に濡れないよう走って車に向かって行った。そして母親だけがまた戻って来た。空になった小瓶をゴミ箱に捨てに来た。ポンっと放ったので、先ほどのようではないが、瓶の確かな音が残った。

「漫画、面白い?」

少年に尋ねる。が、返事はなかった。無視しているようには見えなかった。聞こえなかった、もしくは聞こえていないように見えた。読んでいる、ふりをしていた週刊誌を閉じる。

「傷は大丈夫? 痛くはない?」

少年が、漫画のページをゆっくりと捲った。

聞こえないようだ。なぜか、私は姿勢を正すことをしていた。窓の外を、何台もの車がゆっくりと走っていく。雨は小降りになったが、まだ、溜まった水の中を走る車の音は聞こえた。

表の道が眩しく見えてきた。雨が上がり、夕暮れの日差しが、道を光らせていた。ゆっくり走っていた車が、少しずつスピードを出して走り始めたように見える。

行き交う車と車の間に人の姿が見えた。我家の塀の前に立っている。眩しそうに、西日の向こうにいる誰かを探すように、心配そうな横顔で立っている。

高橋のおばあちゃんだった。私は思わず立ち上がってしまった。膝の上に置いていた週刊誌が落ちた。少年が私の方を見たのがわかった。そしてその後すぐ、傍に立ち尽くす私の視線の先を、同じように見た。少年の後頭部が視界の隅にあった。

「きなさい！　きてって言ってるでしょう。こっちにきなさいってば！」

大声で、西日に向かって叫んでいる。手を打ちながら誰かを、何かを呼んでいる。

「お義母さん！　ちょっと、お義母さんってばもう！」

　通り過ぎて見えなくなったおばあちゃんの後を追うように、エプロンをして走って来るお嫁さんの姿が見えた。まだ、雨が降っていると思ったのか、傘をさして走っている。

「お義母さん！」

　おばあちゃんと同じくらいの声音を残して横切って行った。

　自分の鼻息がため息のように聞こえた。少年は肘の傷を気にしていた。左手の指先で、血がまだ出ているのかを気にする仕草をしている。指先に、少しの血がついているのが見えた。少年の目に、さっきのおばあちゃんの姿はどう映ったのだろう。

「痛いでしょう?」

　辺りを見回して、ティッシュペーパーを探す。観葉植物の隣りに、背丈の低い棚があり、その二段目にティッシュペーパーの箱が見えた。ゆっくりとそこに向かって歩く。

お嫁さんは、おばあちゃんに追いついただろうか。傘は、閉じられただろうか。おばあちゃんの声は、いつかその誰かに、届くものなのだろうか。ティッシュを二枚引き抜き、少年のもとへ向かう。

肩をトントンと二回叩く。少年がゆっくり振り返った。白い、二枚のティッシュを渡す。少年がにっこり微笑んだ。一瞬、この顔が見たくて、私はここへ来たのだろうかと思った。少年が手話で何かを告げた。私はその指先についた血を、ただぼんやり見ていた。


「高橋のおばあちゃん、施設に入るらしいよ」

今日のスーパーの袋は小さめだった。冷蔵庫の前に立っていた私は、反射的に中のポン酢や素麺のつゆの減り具合を確かめていた。瓶にいっぱい入ってある。

「さっきねえ、スーパーでお嫁さんと会ったのよ。何でも旦那さん、アメリカの大学で勤務することが決まったらしくて、年末には出発するって。それでおばあちゃんはやっぱり連れていけないから、今住んでいる市の施設にやっと空きが出て、それで今月中には入所するらしい」

「ということは引っ越すの？」

スーパーの袋の中には茶色い紙袋が一つと、透明のビニール袋に入ったアイスクリームが二つあった。

「そういうことになるでしょうね。とりあえず先におばあちゃんを入所させて、それからお嫁さんが引っ越しの準備とかするのかしらね？　大変ね本当に」

母が、茶色い袋をかすようにと手を伸ばしてきた。柔らかい。

「尿漏れするのよ」

そう言って笑い、袋から生理用ナプキンのような、尿漏れ用のナプキンを出した。反射的に、紙袋をこっちにかしてというように、私は手を伸ばした。

「はい、ありがとう」

　母はそう言って、中身を持って洗面所の方へと歩いて行った。

　私はなぜだか茫然と立ちつくしていた。次、この次、何をすればいいのかわからないような、妙な、心もとない気持ちで立っていた。

　手に持った紙袋を見る。紙袋をゆっくり折り畳む。高橋のおばあちゃんは、入所する施設でも、そこでも、誰かを呼び続けるのだろうか。こっちへきなさい、きなさいってば、と。呼んでいるその誰かは、何かは、どこへ行こうと目の前に存在しているものなのだろうか。

　母が戻って来た。

「ねえ、そういえばこのあいだのあの話、どうするの？」

「このあいだ？」

「仕事の」

「ああ、あれ。うん。履歴書を一昨日送った。今日あたり届いたんじゃないかな。

それから連絡くれることになってる」

「そう」

知人が、最近市内に出来たばかりの結婚式場に勤めており、そこのプランナーに募集があると連絡をくれた。これまでもそういう話をあちこちからもらっていたが、動き出す気持ちにはなれず断ってばかりいた。

「ついに静子もまた動き出すんだね」

母は、テレビのリモコンに手を伸ばしながらソファーに腰掛けた。

「動き出すのか」

再度、同じことを言う母に背を向けて立つ。蛍光灯の明かりを見る。そのうちまた、一段暗くなるかもしれない。ならないかもしれない。


おばあちゃんの声を、全く耳にしなくなった。そういえばと気になって、なんとなく耳をすませて家事をしていたが、全く聞こえない。もう入所したのかもしれない。まさか、体調をくずして、動けなくなっているのか？　引っ越しの業者さんが来ている様子もないし、これまでの光景となんら変化はなく、ただおばあちゃんの声がなくなり、静かになったというだけの毎日が過ぎていった。

私の方も採用が決まり、来月の一日から勤務することになった。約一年のブランクがあるし、考え付く、思い当たる不安はいくらでもあったが、そんなことを言っている場合ではなかった。

夕飯の支度を終え、風の中に少しだけ涼しさを感じたので、なんとなくベランダに出てみたくなった。暦の上ではもう秋で、もし本当に、この少しの涼しさが確かなものなら、暦どおりに動く季節の仕組みはすごいなと思った。季節の力には、かなわない何かがあるような気がした。ベランダに出て、手摺と手摺の間から片足を出して表を眺めていた。

どこかから布団を叩いている音がする。どこだろう。すぐ近くではない距離の音だ。そういえば最近、布団を干してはいなかった。どのくらい干していないだろう。夏になり、にわか雨を恐れて出してはいなかった。そんなことを思いながらふと、なんとなく高橋のおばあちゃんの家の方を見ると、おばあちゃんもベランダに出てきていた。目を、丸くしている自分がわかった。おばあちゃんはゆっくり歩いてこちらの方へやって来る。草履の音が近付いてくる。強く、耳をすませる。そしてすぐ、まだ布団を叩く音が聞こえるかと、探す。音は、なくなっていた。

おばあちゃんと目が合う。ゆっくり頭を下げる。おばあちゃんは私の目を見たが、ただそれだけで、そのうち視線は離れ、ベランダの手摺を掴んで私と同じ方向を見ていた。

ちょうどそこ、その辺りに、おばあちゃんは布団を干していたなと思った。手摺の上の、おばあちゃんの手に目を向ける。私も手摺をしっかり握ってみる。馬鹿みたいに温もりを探す。

みんな同じ太陽の恵みを浴びて、同じ温もりを感じて寝ることが出来る。そう思えば一人じゃない。温かい布団で眠ることが出来る、それが何よりの幸せ。

あの会話は、今日、ここに届いたのかなと思った。ポン、ポン、ポンと、手摺を叩いてみる。

おばあちゃんの方は見ず、正面に見える家のベランダを見つめていた。その家のベランダには、まだたくさんの洗濯物が干してあり、風に揺れていた。あらゆる色が揺れていて、それは、今日の日差しを一心に浴びて、喜んで咲く花の色に見えた。もう一度、ポンポンポンと手摺を叩いてみた。

「お義母さん」

振り返ると、お嫁さんがおばあちゃんを呼びに来ていた。頭を下げる。お嫁さんも頭を下げた。軽く結んでいたからだろうか、頭を下げた瞬間、結んでいたであろう髪がほどけて、黒い髪がお嫁さんの顔を覆った。何で花に黒い花はないのだろうなんて、また、馬鹿げたことを考えてしまった。

「お義母さん、行きましょう」

お嫁さんの草履の音と、おばあちゃんの音をそれぞれ耳にしながら、再び正面の家のベランダを眺める。

ふと、表の道に目をやると、一人歩く少年の姿が見えた。手には何冊かの本を持って歩いている。手摺から身を乗り出して道を見る。あの少年だと思った。コインランドリーで一緒になった少年。私が後ろを再び振り返ったときには、おばあちゃんとお嫁さんは、ちょうど家の中へ入って行くところだった。閉まるドアの音が、やけに大きく響いた。黒色の洗濯物は揺れてはいないかと、辺りを見回す。

今日少年は、私が以前座っていた場所に腰かけている。だから今日は、自分の部屋が見える所に座った。

私が店に入ってきたとき、少年はちらっと顔を確かめるようにこちらを見て、いったんは漫画に目をやったが、再び顔を上げ、私を見て少し微笑んだ。このあいだの時間を覚えてくれていたようだ。それで私は右手の人差し指で自分の左ひじを指し、その後、右手の人差し指と親指を使って丸をつくり、傷はどうか？　もう治ったか？　と、訊ねた。すると少年は、今度は先ほどよりももっと微笑みながら、同じく丸を作った。確かに傷口にはかさぶたが出来ていた。問いの答えの丸が、他の何かを善しとしているような丸にも見えて、嬉しくなった。少年のすぐ傍の洗濯機が大きく回っていて、これもまた、丸を描くように回っていたのだなと考えた。

このあいだのように、本棚から週刊誌を一冊選び、少し距離をおいて少年と同じ長椅子に座る。自分の部屋のカーテンが少し揺れているのが見える。

洗濯機の方から、終わりを告げるピーという音が五回聞こえた。少年は今日も夢中で漫画を読んでいる。鞄から持ってきたペンとメモ帳を取り出す。

「せんたくものをまっているの？」

書いて少年に見せる。少年はゆっくりその文字を追い、それから何かを書き始めた。そして私の太ももの上にメモ帳とペンを置いた。

「せんたくものをまっていない。ここでまんがをよんでいる」

と、書いてあった。読み終わったころ、少年が再びペンとメモ帳を手に取り何か書き足している。そして私の太ももの上に再び置いた。ペンが落ちた。落ちたペンを拾いながら、目はメモ帳の文字を追う。

「ここでまんがをよむのが好き。それから、ここのクルクルまわるせんたっきを見るのが好き」

いつかの、高橋のおばあちゃんとの会話が思い出された。

「どうして、ここでまんがをよむのが好きなの？」

少年は少し首を傾げて考える仕草をした。余計な質問だったかと心配になったが、ペンを走らせ何かを書き始めた。そのときだった。ざっと、大きな足音が入口からした。すぐに視線をやると、あきらかに私の隣りにいる少年に向けて、手話で何かを強く訴えている女性が目に入った。手と手が激しくぶつかり合って音がした。少年の母親だと、一目見てわかった。少年はまだ書いている途中だったが、やがてゆっくり顔を上げ、体が少し飛び上がったのを傍で感じた。少年も、小さな手と手をぶつけるようにして母親に何かを訴えている。

これは、何と呼べる音なのだろう。

母親がこちらに向かって来た。靴下を履いてサンダルを履いていた。靴下はピンク色でサンダルは茶色だった。強く、少年の手首を握り締めた。かさぶたが見えた。少年の口から、声にならない声が漏れた。少年の太ももの上にあったメモ帳とペンが落ちた。それをちらっと見た母親は、激しく私を睨みつけた。少年は抵抗したが、強い力に引きずられるように引っ張られて行った。少年の指に、ペンの黒いインクが付いているのを最後に見た。二人の足音が、消えてなくなっていった。

手を伸ばし、落ちたメモ帳を拾う。ペンは椅子の下にまで転がっていた。蓋は、

更に離れた所に落ちていた。メモ帳には、

「ここでまんがをよんでいると」

まで、書いてあった。

ピーピーピーピーピーと五回、別の洗濯機から、終了を告げる音が鳴り響いた。ここから、自分の部屋を眺める。いつも捲っていた白いレースのカーテンが、ゆったりと静かに揺れていた。

静かという音が、聞こえてくるようだった。


（二〇一三年／第四十四回九州芸術祭文学賞沖縄地区次席）

## 二人の和子さん（あとがきに代えて）

「かずこさん」私と妹は、伯母、知念和子のことを「おばさん」「かずこおばちゃん」とは呼ばず、子供のころからずっと「かずこさん」と呼んできました。なぜだかわからないけれど、初めからずっとそうでした。

和子さんは朗らかで、いつでも前向きな女性でした。そしていつ触れても、温かい手の持ち主でした。全てのことを一心に受け止め、引き受け、皆を守ってくれました。

今回の選考結果を、私は和子さんの手帳と共に待っていました。以前頂いた別の賞の受賞を、喜んでくれている様子が記されたページを読んで、待っていました。「郁ちゃん頑張ったね。道はきびしい。一歩前進。すばらしい賞をありがとう」「すばらしい幸福。久しぶりに」「道程」「これからも一歩一歩前進あるのみ。頑張りましょう。いつでも応援します」

和子さんの変わらぬ愛は、手帳の中の言葉になり、思いになり、私の心をその日も、温めてくれていました。

伊禮和子さん。書いていく上で、最初にエールをくださった作家です。二十代の頃、自分が何を書いているのかわからず、それでも何かを書きたくて、新聞記事で沖縄市文化協会文芸部の活動を知り、手紙を添えて勝手に書いたものを送りました。後日協会の方が電話をくださり、「うちの伊禮が、あなたの作品にとても感動したようで、文化の窓という文芸誌に載せてみませんか」チャンスを与えてくださいました。それから詩や随筆、小説というジャンルに、書いたものを掲載していただくようになり、初めて活字になったその文芸誌の目次を開くと、小説部門に「伊禮和子」その次に「芳賀郁」と、目次の中で伊禮さんと隣り合うことが出来ました。そして文化の窓エッセイ賞という賞があることを知り、その年の授賞式に、顔をだしてみないかと、協会の方に誘っていただきました。そこで初めて、伊禮和子さんという作家にお会いすることが出来ました。円卓のその席に近づき挨拶をすると、突然両肩を掴まれ、大きく揺さぶられ、「あなた、ものすごい感受性だから、ずっと書き続けなさい」エールをおくってくださいました。人に、あんなに強く、肩を揺さぶられたのは生まれて初めてのことで、しかし全く痛くなかった、そのことが不思議でなりませんでした。それが最初で最後の、伊禮さんと触れ合うことが出来た時間でした。そして、第十回文化の窓エッセイ賞に挑戦し、佳作をいただきました。受賞作が掲載された文芸誌には、伊禮さんの遺稿作品が掲載されていました。

二人の和子さんに、今はもう会うことも触れることも出来ませんが、思いを伝えたいです。一方通行の思いなのだろうかと考えます。そうは思えない。それはなぜなのだろう。二人の和子さんは今どこにいてどうしているのか、もう、どこにもいないのか、わかりません。わかることがあるとすれば、この思いがきっと伝わっているはずだと信じている自分がいるということ、そこから生まれる物語を、これからも書いていきたいということです。

今、笑顔の、二人の和子さんを思い描くことが出来ました。二人の和子さんに出会うことが出来た私は幸せです。

# 新沖縄文学賞歴代受賞作一覧

第1回（1975年）　応募作23編
受賞作なし
佳作：又吉栄喜「海は蒼く」／横山史朗「伝説」
第2回（1976年）　応募作19編
新崎恭太郎「蘇鉄の村」
佳作：亀谷千鶴「ガリナ川のほとり」／田中康慶「エリーヌ」
第3回（1977年）　応募作14編
受賞作なし
佳作：庭鴨野「村雨」／亀谷千鶴「マグノリヤの城」
第4回（1978年）　応募作21編
受賞作なし
佳作：下地博盛「さざめく病葉たちの夏」／仲若直子「壊れた時計」
第5回（1979年）　応募作19編
受賞作なし
佳作：田場美津子「砂糖黍」／崎山多美「街の日に」
第6回（1980年）　応募作13編
受賞作なし
佳作：池田誠利「鴨の行方」／南安閑「色は匂えと」
第7回（1981年）　応募作20編
受賞作なし
佳作：吉沢庸希「異国」／當山之順「租界地帯」
第8回（1982年）　応募作24編
仲村渠ハツ「母たち女たち」
佳作：江場秀志「奇妙な果実」／小橋啓「蛍」

第9回（1983年）応募作24編
受賞作なし
佳作：山里禎子「フルートを吹く少年」
第10回（1984年）応募作15編
吉田スエ子「嘉間良心中」
山之端信子「虚空夜叉」
第11回（1985年）応募作38編
喜舎場直子「女綾織唄」
佳作：目取真俊「雛」
第12回（1986年）応募作24編
白石弥生「若夏の訪問者」
目取真俊「平和通りと名付けられた街を歩いて」
第13回（1987年）応募作29編
照井裕「フルサトのダイエー」
佳作：平田健太郎「蜉蝣の日」

第14回（1988年）応募作29編
玉城まさし「砂漠にて」
佳作：水無月慧子「出航前夜祭」
第15回（1989年）応募作23編
徳田友子「新城マツの天使」
佳作：山城達雄「遠来の客」
第16回（1990年）応募作19編
後田多八生「あなたが捨てた島」
第17回（1991年）応募作14編
受賞作なし
佳作：うらしま黎「闇の彼方へ」／我如古驟二「耳切り坊主の唄」
第18回（1992年）応募作19編
玉木一兵「母の死化粧」
第19回（1993年）応募作16編
清原つる代「蝉ハイツ」

佳作：金城尚子「コーラルアイランドの夏」
第20回（1994年）応募作25編
知念節子「最後の夏」
佳作：前田よし子「風の色」
第21回（1995年）応募作12編
受賞作なし
佳作：崎山麻夫「桜」／加勢俊夫「ジグソー・パズル」
第22回（1996年）応募作16編
崎山麻夫「闇の向こうへ」
加勢俊夫「ロイ洋服店」
第23回（1997年）応募作11編
受賞作なし
佳作：国吉高史「憧れ」／大城新栄「洗骨」
第24回（1998年）応募作11編
山城達雄「窪森」
第25回（1999年）応募作16編
竹本真雄「燠火」
佳作：鈴木次郎「島の眺め」
第26回（2000年）応募作16編
受賞作なし
佳作：美里敏則「ツル婆さんの場合」／花輪真衣「墓」
第27回（2001年）応募作27編
真久田正「鱬鯤」
佳作：伊礼和子「訣別」
第28回（2002年）応募作21編
金城真悠「千年蒼茫」
佳作：河合民子「清明」
第29回（2003年）応募作18編
玉代勢章「母、狂う」
佳作：比嘉野枝「迷路」

第30回（２００４年）　応募作33編
赫星十四三「アイスバー・ガール」
　佳作・樹乃タルオ「淵《クムイ》」
第31回（２００５年）　応募作23編
月之浜太郎「梅干駅から枇杷駅まで」
　佳作・もりおみずき「郵便馬車の馭者だった」
第32回（２００６年）　応募作20編
上原利彦「黄金色の痣」
第33回（２００７年）　応募作27編
国梓としひで「爆音、轟く」
松原栄「無言電話」
第34回（２００８年）　応募作28編
美里敏則「ペダルを踏み込んで」
森田たもつ「蓬莱の彼方」
第35回（２００９年）　応募作19編
大嶺邦雄「ハル道のスージグァにはいって」
富山洋子「フラミンゴのピンクの羽」
第36回（２０１０年）　応募作24編
崎浜慎「始まり」
第37回（２０１１年）　応募作28編
　佳作・ヨシハラ小町「カナ」
伊波雅子「オムツ党、走る」
　佳作・當山清政「メランコリア」
第38回（２０１２年）　応募作20編
伊礼英貴「期間工ブルース」
　佳作・平岡禎之「家族になる時間」
第39回（２０１３年）　応募作33編
佐藤モニカ「ミツコさん」
　佳作・橋本真樹「サンタは雪降る島に住まう」
第40回（２０１４年）　応募作13編
松田良孝「インターフォン」
　佳作・儀保佑輔「断絶の音楽」

第41回（2015年）　応募作21編
長嶺幸子「父の手作りの小箱」
第42回（2016年）　応募作24編
黒ひょう「バッドデイ」
第43回（2017年）　応募作33編
梓弓「カラハーイ」
儀保佑輔「Summer vacation」
佳作・仲間小桜「アダンの茂みを抜けて」
第44回（2018年）　応募作24編
中川陽介「唐船ドーイ」
高浪千裕「涼風布工房」
第45回（2019年）　応募作22編
しましまかと「テラロッサ」
第46回（2020年）　応募作33編
なかみや梁「ばばこの蜜蜂」

第47回（2021年）　応募作24編
ゆしわら・くまち「ラビリンスーグシク界隈」
円井定規「春に乗り遅れて、半額シールを貼られる
第48回（2022年）　応募作19編
芳賀郁「まぶいちゃん」
星のひかり「私のお父さん」

芳賀 郁（はが・かおる）

1979年東京都日野市出身、名護市在住。知的障がい者支援施設職員。文教大学女子短期大学部文芸科卒。これまでの作品に「喉飴」第10回沖縄市文化の窓エッセイ賞佳作、「静音」第44回九州芸術祭文学賞沖縄地区次席、「隣人」44回琉球新報短編小説賞、「ウートートー」第45回新沖縄文学賞最終候補、がある。

まぶいちゃん

タイムス文芸叢書 015

2023 年 2 月 9 日　　第 1 刷発行

著　者　　芳賀郁
発行者　　武富和彦
発行所　　沖縄タイムス社
〒 900-8678　沖縄県那覇市久茂地 2－2－2
出版コンテンツ部　098－860－3591
www.okinawatimes.co.jp
印刷所　　文進印刷


ISBN978-4-87127-295-7　　Printed in Japan